사십에 읽는 삼국지

사십에

읽는

삼국지

고혜성 지음

프롤로그

    15년 전 신문기사에서 서울대 수석 합격자의 인터뷰를 읽었습니다. 어떤 공부법으로 합격했는지에 대한 기자의 질문에 그는 삼국지를 열 번 읽은 것이 가장 크게 도움이 되었다고 대답했습니다. 그때부터 삼국지를 언젠가는 꼭 한번 읽어야겠다는 생각을 하고 지냈는데 어느 날 존경하는 지인이 성공하고 싶으면 삼국지를 반드시 읽어야 한다고 강하게 추천해주셨습니다.

    그래 어디 한번 읽어보자는 생각으로 곧바로 서점에 들러 이문열 작가님의 삼국지 10권을 사갖고 왔습니다. 보통 책보다 활자 크기도 작고 페이지 수도 많아 부담되었지만, 끝까지 한번 읽어보자는 생각으로 매일 미친 듯이 읽었습니다.

    처음 10권을 한번 읽을 때는 솔직히 인물도 잘 떠오르지 않았고 사건도 헷갈려서 크게 와 닿지 않았습니다.

    그냥 완독했다는 뿌듯함이 컸습니다. 두 번째 도전할 때는 제대로 천천히 정독해서 읽어보자란 생각으로 다시 삼국지를 손에 잡았습니다. 그렇게 한 달 만에 10권을 완독하고 나니 왜 삼국지를 읽어야 하는가 정확하게 깨닫게 되었습니다.

그동안 수많은 처세술 책과 자기계발 리더십 관련 책을 읽었지만, 삼국지만큼 많은 것을 배우고 깊이 있는 감동과 깨달음을 느껴본 적이 없었습니다.

그 이후 서울대 수석합격자가 열 번 읽었다는데 그래 나도 열 번은 읽어보자란 경쟁심리가 본능적으로 작동하여 1년 동안 매일 삼국지를 손에 들고 다니면서 10권짜리를 열 번을 읽게 되었습니다. 그 이후 지금까지 총 스무 번을 완독하였습니다. 삼국지 책만 200권을 읽은 것입니다.

95부작으로 나온 삼국지 드라마도 다섯 번이나 보았습니다. 정사 삼국지도 열 번을 읽고, 황석영의 삼국지, 월탄 박종화 삼국지, 요시카와 에이지 삼국지, 중국에 삼국지 전문가들의 책들도 섭렵하였습니다. 삼국지에 완전히 미쳤습니다. 만나는 모든 사람들에게 추천하는 책이 삼국지였습니다.

지금까지 읽었던 그 어떤 책보다 삼국지가 저를 가장 크게 변화시켰습니다. 삼국지를 읽기 전보다 더 자신감이 커졌고 목표가 더욱더 분명해졌습니다.

그리고 어떤 일을 시작할 때 사람을 대할 때 조조, 유비, 손권, 제갈공명이라면 이런 상황에서 어떻게 말을 했을까 어떤 행동을 했을까를 본능적으로 생각하게 되었습니다. 삼국지는 중국이라는 큰 나라에서 대의를 위해 의리를 위해 수많은 사람들과 목숨을 걸고 싸우면서 살았던 영웅들의 이야기입니다.

1800년 전 그들의 생각과 행동이 지금 시대에도 필요하고 그들처럼 큰 포부를 가지고 살아야 한다고 믿습니다.

영웅들의 이야기를 읽는다고 반드시 영웅이 되는 것은 아니겠지만 그 시대 영웅들의 모습을 통해 영웅 가까이 다가설 수 있다고 믿습니다.

이 책은 『삼국지연의』에서 가장 감동적이고 교훈적인 일화를 좀 더 몰입할 수 있도록 재밌게 각색하였고 한 일화가 끝나는 글에 필자의 생각을 담았습니다. 이 책을 보신 후 10권짜리 『삼국지연의』를 꼭 읽어보시기를 바랍니다.

더 큰 감동과 깨달음을 얻으실 수 있습니다. 『삼국지연의』를 읽어보신 분들도 좀 더 재밌는 대사와 구성을 통해 색다른 즐거움을 느끼실 수 있을 것입니다. 그리고 필자의 생각을 담은 글을 보시면 더욱 깊은 맛을 보실 거라 생각합니다.

삼국지에 나오는 다양한 병법과 처세, 리더십을 통해서 우리가 사는 생활과 비즈니스 인간관계에 잘 활용할 수 있다면 반드시 지금보다 더 나은 삶을 살 수 있을 거라 믿습니다. 삼국지는 동양 최고의 지혜가 담긴 책입니다.

동양 최고의 철학가인 공자와 맹자의 사상인 인, 의, 예, 지를 행동으로 실천하려 노력했던 영웅들의 큰 대의와 백성들을 보살피려는 사랑하는 마음, 감동적인 주군과 신하의 신의, 아름답고 멋진 우정을 배우실 수 있습니다.

책 제목을 '사십에 읽는 삼국지'로 정했지만, 십 대부터 구십 대까지 모든 연령대 분들이 읽으실 수 있도록 쉽고 재밌게 썼습니다. 십 대에 삼국지를 읽으면 영웅들의 큰 포부와 자신감을 가지게 되고 이십 대 삼십 대에 읽으면 다양한 직업을 경험하며 많은 사람들과 만나 관계를 맺을 때 어떠한 마음으로 상대를 대해야 하는지를 배울 수 있고 수많은 영웅들의 일화를 통해 큰 감동과 교훈을 얻을 수 있습니다.

　필자는 삼국지를 가장 필요로 하는 세대는 사십 대라고 믿고 있습니다. 삼십 대까지 삼국지를 모르고 살았다면 더 늦기 전에 삼국지를 읽어야 합니다. 삼국지는 다른 세대보다 사십 대가 반드시 읽어야 할 책이라고 믿습니다. 사십 대는 회사를 경영하는 CEO, 임원분들이 가장 많은 나이 대입니다. 그리고 직장에서 중간관리자로서 부하직원들을 가장 많이 이끄는 리더의 나이 대입니다.

　삼국지가 다른 세대보다 사십 대분들에게 가장 큰 감동과 공감을 얻을 수 있는 책인 이유가 있습니다.

　삼국지에 나오는 영웅들이 가장 열정적으로 활약하던 시기가 바로 사십 대이기 때문입니다. 사십 대 영웅들이 적토마를 타고 천리마를 타고 중국의 광활한 영토를 내 집 드나들듯이 흙먼지를 누비며 수십만의 군사들을 이끌었습니다. 나와 비슷한 나이대의 영웅들이 가졌던 포부와 결단력, 리더십, 태도를 통해 지금의 나를 다시

한 번 돌아볼 기회가 되실 거라 믿습니다.

 삼국지는 사십 대가 읽을 때 가장 많은 것을 배우고 깨닫게 될 수 있을 거라 확신합니다. 사십 대는 삶에서 가장 큰 변화가 일어나 더 큰 성공을 준비하고 이루어야 하는 나이 대입니다. 이 책을 통해 더 큰 성장을 하시길 바라겠습니다.

 『사십에 읽는 삼국지』에는 즐거움과 깊은 감동 그리고 교훈 세 가지가 모두 들어있습니다. 큰 깨달음을 주는 영웅들의 멋진 이야기가 들어있습니다. 영웅들의 큰 포부와 자신감으로 펼치는 지혜로운 처세술과 아름다운 인간관계, 진정한 리더십을 가슴에 가득 담아가시기 바랍니다.

2022년 2월 고혜성

사십에
읽는
삼국지

불가능한 것을 이루려면 가능한 것부터 하라

바다는 비에 젖지 않는다

태양을 향해 쏘고 달을 향해 나아가라

삼국지 주요인물 소개

유비

한나라 경제의 아들 중산정왕의 후예라는 자부심으로 어린 시절 천자가 되겠다는 큰 꿈을 품었으며 백성들을 내 몸처럼 보살피려 노력하였다. 대의명분을 중요시하였으며 권위의식이 없었고 만나는 모든 사람들에게 인의를 바탕으로 예의 바른 태도를 보여주었다. 진정한 영웅의 풍모를 소유하였으며 감수성이 흘러넘치는 매력적인 영웅이다. 자신을 따르는 장수들을 믿고 그들과 함께 전설이 되었다.

조조

젊은 시절 의협심이 강해 많은 장수들과 모사들이 모여들었다. 출신, 직책보다 능력을 우선시하였으며 항복한 적장도 버선발로 뛰어나가 예우를 갖추고 받아들였다. 자신이 내뱉은 말을 지키려고 노력하였고 어려운 상황에서도 긍정적인 태도를 유지하였다. 따르는 모사들 이상의 지략을 갖추어 신출귀몰한 계책을 자주 사용하였다. 도량이 큰 진정한 영웅이었다. 자신을 믿고 따르게 하여 그들과 함께 역사가 되었다.

관우

젊은 시절부터 유비를 형님으로 모시며 죽는 날까지 충성을 다하는 의리의 화신이다. 말수가 적지만 행동으로 보여주는 진정한 남자다운 기상을 지녔다. 전장에서 청룡언월도를 휘두르며 적토마를 타고 돌진하여 홀로 수십 명의 장수를 베는 최강의 무장이다. 매일 밤 공자의 춘추를 읽으며 마음을 다스렸고 몸 전체가 큰 자부심으로 가득 찬 영웅이다.

장비

단순한 성격에 술을 매우 좋아했다. 어린아이처럼 감정의 기복이 심하였고 예의가 없었지만, 유비의 가르침으로 온순해진다. 유비, 관우 외에 모든 장수들을 우습게 여긴다. 여포와 백 합을 겨룬 유일한 장수다. 지략은 부족했지만 큰 고함소리와 절대 자신감으로 적장들의 오금을 저리게 만든다.

제갈공명

유비가 삼고초려를 하여 얻은 천재적인 지략가이다. 어려서부터 병법을 비롯하여 많은 책을 읽어 방안에서도 천 리를 내다볼 수 있는 능력을 지녔다. 상대가 예측할 수 없는 신출귀몰한 계책을 사용하여 연전연승한다. 높은 자리에 있어도 오만하지 않았으며 늘 겸손하고 부드럽게 부하들을 이끌었다. 상과 벌을 명확히 하였고 자식처럼 여기는 부하라도 잘못이 있으면 크게 벌하였다. 부하 장수들과 군사들이 진심으로 존경하였으며 범접할 수 없는 지략과 덕을 겸비한 천하제일의 군사 전략가 겸 정치가이다.

여포

삼국지 최강의 무장으로 유비, 관우, 장비 삼형제와 홀로 싸워 도 지지 않는다. 싸움은 능하지만, 사랑에는 약한 무장이다. 아름다운 초선의 미인계로 사랑에 빠져 동탁에게 빼앗긴 초선을 구하기 위해 목숨을 거는 남자다. 지모가 부족하였는데 유일한 모사인 진궁의 말을 듣지 않아 늘 힘든 싸움을 하였고 부하 장수들을 함부로 대해 너무나 허망한 죽음을 맞는다.

동탁

천자를 구한다는 거짓된 명분으로 낙양에 군사들을 강제로 이끌고 들어가 천자를 겁박하고 조정을 마음대로 어지럽혔다. 죄 없는 백성들과 대신들을 함부로 죽이는 흉악한 악인이다. 무능한 권력 찬탈자로 권위적인 언행과 탐욕으로 모든 사람들을 적으로 만든다. 동탁을 제거하려는 대신 왕윤의 딸 초선의 미인계에 걸려 자신의 오른팔인 장수 여포에게 목이 베인다.

원소

사세오공 명문 집안의 후예라는 자만으로 출신이 낮은 자들을 업신여긴다. 젊은 시절에는 영웅처럼 보였지만 나이가 들어 갈수록 권력에 대한 의지가 강해져 소인배처럼 행동한다. 의심이 많아 모사들을 믿지 못하고 결단력이 없어 이길 수 있는 싸움에도 진다. 쉽게 화를 내고 오랫동안 함께한 장수들도 용서하지 않는다. 모사들도 떠나고 장수들도 적군에 투항하여 결국 초라한 죽음을 맞는다.

손권

조조의 백만대군을 적벽에서 물리친 수성의 달인이다. 어린 시절부터 매우 총명하였다. 도량이 큰 성품을 지녔으며 어질고 결단력이 강했다. 지혜로운 선비를 알아보고 존중하였으며 인재를 적재적소에 배치하여 중요한 전투에서 모두 승리하였다. 부하 장수들의 존경을 받으며 제위에 올랐다.

사마의

위나라의 천재적인 지략가 겸 정치가이다. 권모술수에 능하며 위기를 기회로 만드는 능력이 탁월하다. 한 수 위인 제갈공명을 상대로 힘들게 싸웠으나 모두 막아내었다. 자신의 때를 기다릴 줄 아는 인내력을 가졌으며 뛰어난 연기력으로 적을 속일 줄 안다. 자신의 능력을 숨기며 몸가짐을 낮추어 적을 만들지 않으려고 노력했고 결국 노년에 이르러 정권을 장악한다.

삼국지연의 요약

한나라 말 천자인 영제는 탐욕스럽고 무능하였다. 내시 십상시들만 아끼고 신하들을 멀리하였다. 십상시들은 뇌물을 주는 자에게 관직을 내주었고 청렴하고 능력 있는 선비들을 모두 쫓아내었다.

썩어가는 조정으로 인해 백성들은 헐벗고 굶주렸다. 도탄에 빠진 백성들은 장각이란 교주의 거짓된 믿음과 요사스런 술법으로 만든 태평도라는 종교에 빠져들었고 그 세력은 점점 커져 수십만이 되었다.

교만해진 장각은 누런 수건을 쓰고 황제가 되겠다는 야욕을 품고 낙양으로 처들어가고 조정에서는 이들을 황건적이라고 불렀다.

황건적의 난을 진압하기 위해 각지에서 영웅들이 모여들었다. 조조, 원소, 손견 그리고 유비, 관우, 장비 삼형제가 가장 큰 활약을 펼쳤다. 황건적은 사라졌지만, 더 무섭고 흉악한 동탁이 나타나 여포를 앞세우고 천자를 보호한다는 거짓된 명분으로 조정을 장악하였다. 조조는 동탁을 제거하려 천하 제후들에게 격문을 띄워 불러 모은다.

조조, 원소, 공손찬, 손견 그리고 도원결의를 맺은 유비, 관우, 장비 삼형제가 다시 한나라를 위해 모인다. 다른 제후들은 동탁이 가장 아끼는 장수 여포에게 번번이 패하지만 유, 관, 장 삼형제가 여포를 물리치고 위엄을 떨친다.

동탁은 천자를 겁박하여 낙양에서 장안으로 도망가고 한나라를 부흥시키려는 대신 왕윤은 수양딸인 아름다운 초선의 미인계로 동탁과 여포의 마음을 사로잡게 하여 여포의 방천화극으로 동탁의 목을 베어버리게 한다.

최강의 무장 여포는 모사 진궁과 함께 조조, 원소, 유비를 상대로 오랫동안 싸우지만, 지모가 부족하고 진궁을 신뢰하지 못해 나날이 세력이 약해져 결국 부하 장수들에게 묶여 죽음을 맞는다.

어린 시절 친구였던 조조와 원소는 서로 대권을 차지하려 관도에서 크게 싸움을 펼친다. 원소는 칠십만 대군으로 칠만의 조조군에게 대패하고 조조의 위세는 더욱 커진다. 유비는 관우, 장비 두형제와 땅 한 조각 없이 이리저리 떠돌며 조조의 부하가 되었다 다시 원소의 부하가 되는 등 많은 수모를 겪다 형주의 유표에게 의탁하는데 조조가 대군을 이끌고 쳐들어와 다시 쫓기는 신세가 된다.

그러던 어느 날 천하의 기재 제갈공명을 삼고초려 하여 군사로 삼고 공명은 조조를 상대로 연전연승을 한다. 공명은 뛰어난 말솜씨와 지략으로 손견의 아들 오나라의 손권과 연합해 조조의 백만대군을 적벽에서 물리친다.

이후 천하는 조조의 위나라, 유비의 촉나라, 손권의 오나라 이렇게 천하 삼분지계가 형성되었다.

산은 바람에
흔들리지 않는다

01

유비 두 번의 수고로움으로 큰 뜻을 얻는다

유비는 어린 시절 집안 어른 유원기의 도움으로 당대 석학인 스승 노식에게 가르침을 받게 된다. 그러던 어느 날 황제의 부름을 받은 노식은 궁으로 들어가게 되었다. 유비는 떠나는 스승에게 더 이상 배우지 못하는 것을 슬퍼하며 자신의 깨달음이 적은 것을 걱정스러워했다. 노식은 열일곱의 어린 제자를 두고 떠나는 것이 안타까워 자신의 동문이자 대학자인 정현 선생에게 추천하는 글을 써주게 되었고 유비는 그날로 바로 정현 선생이 계신 곳을 찾아 말을 타고 달렸다. 한참을 달리다 작은 고을 갈림길 옆에 있는 큰 소나무 아래에서 잠시 쉬어 가려고 말에서 내렸다.

"구름아. 오랫동안 달리게 해서 미안하다. 여기서 푹 쉬었다 가자꾸나."

유비의 말 구름이는 멋진 흰색 털을 가진 백마다. 집안 어른 유원기 아저씨께서 일 년 전 생일날 주신 말이다. 너무나 고마운 아저씨의 얼굴이 떠올랐다.

"비야. 너는 반드시 크게 될 거라 믿는다. 크게 될 사람은 귀한 말을 타야 한다. 이 백마를 타고 중원을 마음껏 달리 거라."

유원기 아저씨는 어린 시절 유비가 동네 아이들과 노는 모습을 자주 보아왔는데 유비는 늘 대장을 하며 큰소리로 아이들에게 이렇게 외쳤다.

"난 커서 반드시 깃털이 장식된 천자의 수레를 탈거야!"

원기 아저씨는 그런 유비의 큰 꿈을 들으며 매우 흡족해하였고 자신의 아들 보다 더 마음에 들어 했다. 큰 소나무 아래에서 한참을 앉았다 일어선 유비는 조용하지만 힘 있는 목소리로 말한다.

"믿어주신 만큼 반드시 큰 사람이 되어 은혜에 보답하겠습니다."

그리고 말에 올라타 달리려는데 뒤쪽에서 누군가 큰소리로 자신을 부른다.

"귀 큰놈아. 귀 큰 어린놈아. 잠깐 나 좀 보자 거기 좀 섰거라!"

누군가하고 돌아보니 긴 수염을 한 노인이었다. 허름한 옷차림에 지팡이로 유비를 가리키며 이리오라고 손짓하였다.

"어르신 왜 그러십니까?"
"어린놈아. 네놈의 말 좀 타야 되겠다. 다리가 아파서 더는 못 걷겠다. 내 집까지 데려다 다오."

그 말을 들은 유비는 큰소리로 자신을 나무라면서 어린놈이란 무시하는 소리에 귀가 거슬렸지만, 노인이 너무나 당당하게 얘기하자 뭔가 있는 분이라 여겨 도와드리기로 마음먹었다.

"어르신 꼭 잡으세요. 어디로 가면 되겠습니까?"
"계속 이길로 쭉 가, 말 없으면 직진이다. 이 녀석아."

유비는 지금까지 자신이 달려오던 길에서 반대로 가고 있었다. 한참을 달리고 노인이 사는 집에 도착해 말에서 내려드리고 떠나려 하는데

"귀 큰놈아. 거기 섰거라 이리 와봐."
"아니 어르신 왜 또 그러십니까?"

"내 지팡이가 없어졌어. 네놈 때문에 아까 말을 타다가 떨어뜨렸나 보다."

유비는 빨리 정현 선생을 찾아뵈어야 하는데 엉뚱한 곳에서 시간을 지체하는 것이 못마땅했지만, 그래도 노인을 도와드리고 싶었다.

"어르신 제가 빨리 다녀오겠습니다."
"이놈아 날 다시 태워 같이 가자. 네가 안 오고 그냥 갈 수도 있는데 빨리 태워라. 내가 가서 가져와야 돼."

유비는 자신의 진심을 몰라주는 노인이 야속했지만 그런 마음도 이해하여 다시 노인을 말에 태우고 처음 만났던 큰 소나무까지 가서 지팡이를 찾아 노인의 집에 모셔다드렸다. 전혀 얼굴빛 하나 변하지 않고 다시 말을 달려 떠나려 하는데 노인이 다시 큰 목소리로 말한다.

"네 이름이 무엇이냐?"
"유비라고 합니다."
"어허 만 가지 상 가운데서도 마음의 상이 제일 귀중한 것인데 참 좋은 상이로다. 그런데 너는 어째서 두 번째로 나를 집에 데려다줄 생각을 했느냐?"

유비는 그때서야 노인의 눈빛을 자세히 들여다볼 수 있었는데 두 눈에서 심상치 않은 빛을 알아보았다.

"어르신 제가 두 번째로 도움을 드리지 않고 그냥 가게 되면 첫 번째의 수고로움이 사라지게 됩니다. 하지만 한 번 더 도와 드리면 저의 수고로움이 두 배가 될 거라 생각합니다."

"어허 이놈 봐라. 예사 놈이 아니구나. 그걸 알고 있다니 무서운 아이로구나."

노인은 예사롭지 않은 눈빛으로 유비를 천천히 살피더니 다시 물었다.

"네가 그걸 사용할 때는 절대로 다른 사람이 알지 못하게 하여야 한다."

"제 자신도 그걸 잊으려고 노력합니다."

"어허 내, 너에게 은혜를 입었으니 그 대가를 치러야겠구나. 나를 따라오너라."

유비는 노인의 묘한 기운에 이끌려 정현 선생을 찾아간다는 생각도 잊고 무언가에 홀린 듯이 따라갔다.

노인을 따라 한참을 산으로 들어가던 중 큰 고목나무 앞에 이르렀다. 노인은 고목을 지팡이로 가리키며 유비에게 말을 건네었다.

"내가 너에게 줄 수 있는 큰 가르침은 이 고목이 몸으로 다하고 있다. 네 마음의 귀로 잘 들어보거라."

그 말에 유비는 나무를 천천히 위에서부터 보면서 내려오는데 아무것도 알 수 없었다. 답답한 마음에 곁에 있던 노인에게 물어보려고 돌아보는데 노인은 갑자기 사라져 버렸다.

"어르신 어디 계십니까? 크신 이름이라도 알려주고 가십시오."

저 산 멀리서 메아리처럼 큰 목소리가 들려온다.

"그저 상산의 나무꾼 늙은이로 기억해다오."

유비는 노인의 말을 새겨듣고 다시 한참 동안 고목을 바라보는데 어느 순간 갑자기 얼굴이 환해지고 무언가를 얻었다는 듯 자신에 차 있었다. 자신이 앞으로 어떻게 살아야 하는지 원대한 포부를 다시 한 번 고목을 통해서 깨닫게 된 것이다. 그전까지는 막연하게 공부를 하여 도탄에 빠진 나라를 위해 큰일을 하고 싶었는데 고목나무 아래에서 새롭게 자라는 가지처럼 가까이 있는 사람들과 고향에서 힘을 기르는 것이 더 중요하다는 것을 깨달았던 것이다. 그길로 더 이상의 배움은 무의미하다고 여겨 정현 선생을 찾지 않고 집으로 돌아가게 된다.

실제로 당시 유가의 가르침으로는 더 이상 세상이 나아질 기미가 보이지 않았다. 궁궐 안에는 간신들이 득실거렸고 벼슬은 돈으로 사고파는 물건이나 다름없었다. 유비는 썩어가는 한실을 되찾기 위해서는 이상적인 유가의 가르침보다는 현실적으로 힘을 기르고 자신의 세력을 모으는 것이 중요하다고 생각한 것이다. 유비를 시험했던 노인은 훗날 유비에게 있어서 관우, 장비 다음으로 큰 힘을 보탰던 장수인 조자룡을 보내주기도 한다. 유비는 두 번째 수고로움으로 인해 인생의 큰 방향을 잡게 되었고 큰 장수까지 얻게 된 것이다.

보통사람들도 한 번쯤은 유비처럼 어려운 사람을 보면 도와주고 싶을 것이다. 그러나 무시를 당하면서까지 다시 도와주고 싶은 마음은 쉽게 들지 않는다. 유비가 큰 인물이라는 것은 어린 시절, 이 일화만 보더라도 충분히 설명할 수 있다. 선행을 하게 되면 끝까지 해야 한다. 도중에 그만두게 되면 안 하니 보다 못한 경우가 생길 수도 있고 그동안 선행을 받았던 사람에게서 원망을 들을 수도 있다.

선행은 하면 할수록 곱절로 늘어나게 된다. 가장 좋은 선행은 유비처럼 자신이 선행을 했다는 것을 잊어버리는 것이다. 은혜를 받은 것은 영원히 기억해야 하지만 도움을 준 것은 잊어야 한다. 내가 도움을 주었다는 생각이 남아있으면 늘 상대방에게 그것을 빌미로 무언가를 다시 얻어내려고 하고 기대하게 되는데 결국 내가 원하는 것을 상대방이 주지 않았을 때는 원망하게 되고 서로 싸우게 되는 것이다. 성경에 왼손이 하는 일을 오른손이 모르게 하라는 이야기는 바로 이것 때문이다. 내가 선행을 한 것을 일부러 알릴 필요도 없고 자기 자신이 잊어버려야 한다는 것이다. 선행은 선행으로 끝나야 선행이 된다. 나의 선행을 사람들이 몰라주더라도 유비처럼 계속해서 선행을 베풀다 보면 언젠가 상산의 노인 같은 지혜로운 사람을 만나게 되고 큰 선물을 얻게 될 것이다.

　유비처럼 두 번째 수고로움을 마다하지 말고 계속해서 베풀고 자신의 수고로움을 잊어버리자.

02

말 한 마리로 여포를 사로잡은 동탁

한나라 황제, 소제의 숙부인 대장군 하진은 부하 장수인 원소, 조조와 함께 십상시를 몰아내기 위해 준비를 하고 있는데 미리 눈치를 챈 십상시들이 황제의 어머니인 하태후와 외척들에게 금은보화를 사용해 자신들의 편으로 만들었다. 하진은 여동생인 하태후를 찾아가 십상시들을 없앨 수 있도록 부탁하는데 하태후는 허락하지 않는다.

"오라버니, 죄 없는 사람들을 왜 죽이려 하십니까? 다시는 이런 일로 절 찾아오지 마십시오."

물러난 하진은 원소와 조조 등 여러 장수를 불러 자신의 손으로는 십상시를 쉽게 죽일 수 없으리란 판단으로 바깥에 있는 장수를 궁으로 들여보내 대신 처리하기로 결정한다. 이에 조조는 큰 웃음으로 좌중을 주목하게 하며 자신의 의견을 말한다.

"하하하 그런 일에 어찌 바깥의 군사들을 부르십니까? 저희들
몇 명에게만 명하시면 충분히 십상시 일가를 모조리 사로잡
을 수 있습니다."

하지만 하진은 결국 조조의 의견을 무시하고 변방에 있는 동탁
을 부르게 된다. 젊은 시절 동탁은 제법 의리도 있고 장수로서의
덕을 갖춘 사람이었다. 변방에 오랑캐를 상대로 용감히 앞장서 물
리치고 조정에서 상이 내려오면 자신은 하나도 취하지 않고 부하
들에게 모두 나누어 주던 장수였다. 그러나 차츰 벼슬이 높아지면
서 하동 태수 시절부터 교만에 빠지고 탐욕스러운 사람이 되었다.
사람을 평가할 때는 높은 지위를 가지거나 재산이 많아졌을 때
도 처음처럼 한결같은 마음을 소유하고 있는지를 중요하게 보아
야 한다. 동탁이 하진의 명을 받들고 궁으로 십상시를 치러 왔을
때는 탐욕이 극을 달했을 때이다. 십상시를 치기 위함보다 자신이
황제가 되겠다는 야심을 가지고 온 것이다. 동탁은 궁으로 들어온
후에 자신이 마음대로 주무를 수 있는 9살 어린 진류왕을 황제로
추대하려고 하였다. 대신들과 장수들을 연회로 불러서 자신의 야
망을 얘기하는데 한 장수가 큰 목소리로 동탁에게 따져 묻는다.

"동탁, 당신이 대체 무엇이 길래 함부로 황제를 세우려고 하시오!"

당시 궁궐 안은 동탁의 군사가 점령하고 있었기에 누구도 쉽게

동탁에게 대들지 못하였는데 이렇게 옳은 소리를 한 사람은 형주
자사로 있는 정원이었다.

동탁이 자신의 의견에 반대하는 정원을 목 베려고 주위의 군사
들에게 명령하려는 찰나 옆에 있던 모사 이유가 급하게 말린다.

그 이유는 바로 정원 뒤에서 큰 산처럼 거대하고 위엄 있는 장
수를 보았기 때문이었다. 바로 여포였다.

"동탁 장군 참으십시오. 정원 뒤에 있는 저 장수가 아무래도
범상치 않습니다. 다음을 기약하시지요."

동탁도 잘못하면 여포에게 목이 날아갈 수도 있다고 여겨 참았
다. 연회는 찬물을 끼얹은 듯 조용해지고 하나둘씩 조용히 자리
를 떠났다. 정원도 여포와 함께 떠나고 동탁은 자신의 뜻대로 잘
풀리지 않자 화를 억누르지 못하고 이것저것 닥치는 대로 칼로 베
어버린다. 이때 동탁의 부하 중 하나가 헐레벌떡 뛰어와 형주 자
사 정원이 군사들을 이끌고 성문 앞에서 싸움을 걸어온다고 알렸
다. 화가 난 동탁은 모든 군사를 이끌고 정원을 치라고 명하고 달
려 나가는데 정원 뒤에 있던 장수 하나가 말을 타고 자신의 군사
들을 나뭇잎 쓸듯 헤치며 자신에게 달려오고 있다. 겁에 질린 동
탁은 허둥대며 퇴각명령을 내리고 성안으로 들어간다.

"도대체 저 무서운 장수는 누구란 말이냐? 저 장수가 내 부하

라면 얼마나 좋을꼬."

탄식하는 동탁 옆에서 가만히 듣던 모사 이숙이 자신의 계책을 동탁에게 설명한다.

"장군 너무 걱정하지 마십시오. 저 장수의 이름은 여포입니다. 저는 어린 시절 여포와 한마을에서 살았던 적이 있습니다. 저를 여포에게 보내주시면 잘 달래서 여포를 장군 휘하로 들어올 수 있도록 해보겠습니다."

그 말을 들은 동탁은 너무 기쁜 마음에 어서 떠나라고 말하는데 이숙은 계속 말을 잇는다.

"장군 하지만 그냥 갈 수는 없고 여포의 마음을 사로잡을 물건을 가져가야 공을 이룰 수 있을 것입니다."
"그래 원하는 것을 내 다 주마. 무엇이 필요하냐."
"장군께서 가장 아끼는 것이 무엇인지요?"

동탁은 잠시 생각하다 얼마 전 얻은 하루에 천 리를 간다는 적토마를 떠올렸다.

"음 내가 가장 아끼는 것은 현재 적토마다."

"장군 적토마를 여포에게 줄 수 있으신지요."

탐욕스러운 동탁이 그 물음에 쉽게 답을 내리지 못하자 이숙은
한 번 더 묻는다.

"장군이 가장 아끼시는 적토마를 여포에게 준다면 반드시 데
려올 수가 있습니다. 주실 수 있으신지요?"
"뭐라고? 적토마를 주라고?"
"네 장군, 적토마를 여포에게 주시지요."

동탁이 한참 동안 망설이자 이숙은 충고하듯이 한마디 한다.

"장군, 천하를 얻으려고 하시면서 어찌 말 한 마리를 아까워하
십니까?"

그제야 동탁은 기분이 영 좋지 않았지만, 적토마를 가져가라고
한다. 이숙은 적토마를 끌고 여포 진영으로 찾아가고 여포는 반갑
게 이숙을 맞이한다. 여포는 적토마를 보자 너무 좋아서 한참을
쳐다보고 한번 타볼 수 있겠느냐고 부탁한다.

"이보게 여포 자네가 그렇게 좋아하니 내 이 말을 자네에게 선
물하겠네."

"아니 정말인가? 이렇게 귀한 적토마를 주다니 이 은혜를 어떻게 갚아야 할지 모르겠네."

여포는 적토마를 타고 한 바퀴 달린 후 너무 기분이 좋아 어쩔 줄 모른다. 처음에는 상대 진영에서 찾아온 이숙을 의심스런 눈빛으로 바라보다 적토마를 선물 받고 나서는 어린 시절 친구 대하듯 친밀하게 대하게 되었다.

술자리에서 이숙은 동탁 휘하로 들어가자는 얘기는 안 하고 은근히 동탁에 대한 장점만을 이야기한다. 한참 동안 동탁의 얘기를 듣던 여포는 서서히 자신의 속마음을 이야기하였다.

"이숙 사실 내가 지금 정원 아래에 있는 것은 마땅히 갈 데가 없기 때문이네."

이숙은 기다렸다는 듯이 말한다.

"여포 이보게 사실 적토마는 동탁 장군이 자네에게 드리는 선물일세. 이참에 동탁 장군에게 가는 것이 어떻겠나? 자네의 용맹함을 잘 아니 반드시 자네를 높이 써줄걸세."

여포는 적토마를 줄 정도로 자신을 높이 여기는 동탁에게 결국 마음이 움직이게 된다. 오랫동안 아버지같이 따랐던 정원을 배반하고 그날로 이숙과 함께 동탁에게로 찾아갔다.

　동탁은 아끼는 적토마를 잃었지만 자기 휘하에 그 어떤 장수보다 용맹한 여포를 얻게 되었다. 그 이후 여포를 앞세우니 그 어떤 장수들도 쉽게 자신의 권력에 대항하지 못하게 되었고 많은 것을 쉽게 얻을 수 있었다. 탐욕스럽고 어리석은 사람이지만 그에게도 크게 배울 점이다. 많은 사람들이 자신이 가진 것을 놓을 줄 모르며 산다. 앞을 내다보지 못하고 더 크게 생각하지 못한다. 손해를 보더라도 내 것을 양보하면 후에 더 큰 이익으로 돌아온다는 것을 동탁은 알았다. 당장 내 눈앞에 있는 이익보다 좀 더 크게 멀리 내다보고 나중에 더 큰 이익을 얻으려고 하는 인내심을 길러야 한다. 대부분의 사람들이 이것을 잘 지키지 못하기 때문에 늘 손해를 보고 실패하게 된다. 중국의 최대 갑부 이가성은 사람들과 동업할 때 항상 자신은 40을 갖고 상대방에게 60을 주었다고 한다. 그렇게 하다 보니 사람들이 이가성 하고 만 사업을 하고 싶어 하여 자신이 결국 가장 많은 재산을 모을 수 있었다고 한다. 손해 보고 사는 것이 장기적으로 봤을 때는 더 큰 이익으로 되돌아오게 된다. 만일 동탁이 적토마를 아까워하여 여포에게 주지 않았다면 어떻게 되었을까? 분명 여포의 손에 목이 달아났을 것이다. 인간관계에 있어서 늘 명심할 것은 상대방이 가장 원하는 것을 주는 것이다. 그것이 설령 나에게 가장 소중한 것이라 할지라도 더 큰 것을 얻기 위해서는 반드시 그렇게 하여야 한다.

조조의 의협심

조조는 천자를 겁박하고 조정을 어지럽힌 역적 동탁을 암살하려다
실패하고 도망치다 성문을 지키던 현령 진궁에게 붙잡힌다.

"내가 듣기로 동태사께서 너를 대함에 소홀하지 않았거늘
너는 어찌하여 태사를 해치려 하였느냐?"

"참새나 제비가 어찌 봉황의 큰 뜻을 알겠느냐!"

03

동탁 초선을 얻고 목숨을 잃는다

동탁은 한나라 마지막 황제인 헌제를 자신의 꼭두각시처럼 마음대로 움직이고 모든 대권을 손에 넣게 되었는데 그런 동탁의 행실을 몹시 못마땅하게 여기고 있는 대신이 있었다. 무너져가는 한나라를 어떻게든 바로 세워보려고 동탁 몰래 헌제에 대한 충성을 맹세하고 밤마다 잠을 못 이루며 근심하던 사람이었다. 바로 사도 왕윤이었다. 겉으로는 동탁이 하는 일을 마지못해 동조하면서 틈틈이 기회를 엿보고 있던 어느 날 밤 자신의 저택 정원을 걷고 있는데 딸처럼 여기던 시종이 연못 앞에서 울고 있는 모습을 보았다.

"아니 너는 초선이 아니냐. 여기서 왜 울고 있느냐?"

울고 있던 초선은 갑자기 나타난 주인의 물음에 눈물을 훔치며 일어났다.

"대인께서 오갈 데 하나 없는 저를 지금까지 잘 키워주셨는데 그 은혜를 조금도 갚지 못하고 있습니다. 대인께서 밤마다 정원을 거닐며 나랏일로 깊은 근심에 빠져 계시는 것을 보며 제가 아무런 도움을 드리지 못하고 있는 것이 슬퍼서 눈물을 흘리고 있었습니다."

왕윤은 자신이 밤마다 걱정하는 것을 안타깝게 여기는 초선의 마음이 너무 갸륵하다 여기며 기뻐했다. 그때 초선의 나이는 스물이었다. 왕윤이 눈물을 흘리는 초선의 모습을 다시 한 번 천천히 살펴보는데 언제 이렇게 곱게 자랐는지 이제는 어엿한 여자가 되어 있었다. 그 순간 왕윤의 머릿속에는 호색한 동탁의 얼굴이 떠올랐다. 그리고 또 한 사람 싸움에는 그 어느 장수보다 용맹하지만, 여자에 대해서는 잘 모르는 순진한 여포가 생각났다.

"초선아 내 너에게 부탁할 것이 있는데 조용한 곳으로 가자."
"대인을 위해서라면 이 한목숨도 기꺼이 바칠 수 있습니다."

왕윤은 자신의 서재로 초선을 데려간 후 갑자기 초선에게 큰절을 올린다.

"대인 왜 이러세요. 어찌 이 천한 것에게 절을 하십니까?"
"초선아 지금부터 내가 하는 말을 잘 들어보고 우리 한나라를 위해 큰 결정을 내려주길 바란다."

"대인의 은혜를 갚을 수 있는 일이라면 어떠한 일도 할 수 있습니다."

"그래 그럼 이제부터 이야기해주마. 내 너를 동탁에게 시집보내려고 한다. 허나 그전에 여포를 불러들여 여포에게 너를 보내겠다고 말을 할 것이다. 여포는 자신에게 네가 갈 것을 알고 있는데 동탁에게 시집을 가게 되면 분명 크게 화를 내고 동탁에 대한 원망과 미움이 커질 것이다. 나는 그 틈을 이용해서 동탁을 제거하려 한다. 초선아 괴롭겠지만 이 일을 감당할 수 있겠느냐?"

초선은 너무 놀라운 얘기라 잠시 당황했지만 굳은 결의를 한 눈빛으로 왕윤을 바라본다.

"대인 그렇게 하겠습니다. 이 천한 것의 몸으로 대인의 근심이 사라질 수 있다면 기꺼이 하겠습니다."

왕윤은 딸처럼 여겼던 초선이 이런 엄청난 일을 승낙할지 걱정스러워했던 터라 크게 기뻐하였다.

"초선아 너로 인해 한나라가 다시 일어설 수 있겠구나. 고맙구나. 정말 고맙구나."

왕윤은 초선의 아름다운 미모를 활용한 미인계를 사용하여 동탁을 죽일 무서운 계획을 세웠다. 다음날로 왕윤은 먼저 여포를 집으로 초대하여 술자리를 만들었다. 도중 자신의 딸을 소개시켜 주고 싶다며 초선을 들어오게 하는데 예상했던 대로 초선을 본 여포는 그저 순진한 청년처럼 어쩔 줄 모르며 좋아했다. 백옥처럼 하얀 얼굴에 아름다운 눈, 앵두 같은 붉은 입술 옆에 귀여운 보조개까지 하늘에서 내려온 선녀를 보는듯했다. 초선은 여포가 보내는 눈길을 수줍어하며 고개를 살짝 돌리고 앉았다. 여포가 홀린 듯 초선을 바라보는데 왕윤이 술을 따라주며 말한다.

"여포 장군 제 딸 초선이 시집을 갈 나이가 되었는데 괜찮으시다면 제 딸을 거두어 주실 수 있으신지요?"

여포는 왕윤의 말을 듣고 꿈인가 생시인가 싶을 정도로 너무 좋아 흥분을 가라앉히질 못했다.

"대..대 대인 그 말이 참말이십니까? 따님을 제게 주신다면 내 대인을 위해 죽을 때까지 충성을 다하겠습니다."
"장군께서 제 딸을 이렇게 어여삐 여기시니 내일 바로 장군에게 가마를 태워 보내드리리다."

여포는 왕윤에게 엎드려 감사하며 한참 동안 술을 먹고 기분 좋게 취해 돌아갔다.

여포를 보내고 난 왕윤은 다시 동탁을 집으로 초대하였다. 동탁은 아직까지 대신들이 자신의 뜻을 잘 따라와 주지 않아 걱정하던 차에 대신들 중에서도 가장 큰 영향력이 있는 왕윤이 자신과 친해지려 한다고 여겨 기쁜 마음에 찾아온 것이다.

"태사께서 저희 집을 방문해주셔서 몸 둘 바를 모르겠습니다."
"허허 저도 예전부터 사도와 친해지고 싶었습니다."

왕윤은 동탁이 들으면 좋을 소리로 기분 좋게 비위를 맞추며 술잔을 계속 채워주었다. 그리고 계획한 대로 초선을 불러들였다.

"태사, 저희 집에 춤 솜씨가 제법 괜찮은 가희가 있는데 한번 보여드리겠습니다. 초선아 들어오너라."

백옥 같은 얼굴에 예쁘게 분을 바른 초선이 아름다운 옷을 입고 들어와 매우 교태 있는 춤을 보여주었다. 동탁은 초선이 들어올 때부터 이미 반했는 데다가 춤까지 추는 모습을 보자 아무 말도 못 하고 넋을 잃었다.

"사도 도대체 저 여인은 누구요? 내 지금까지 이렇게 아름다운 여인은 보질 못했소이다."

"하하 태사께서 이토록 좋아하시는 줄도 모르고 이제야 인사를 드리게 하여 죄송합니다. 제가 딸처럼 여기고 있는 시종인데 태사께서 원하시면 지금 바로 보내드리겠습니다."

동탁은 지금 바로 데려갈 수 있다는 말에 더 이상 술자리도 하지 않고 일어난다. 왕윤은 계획대로 잘 되어가는 터라 매우 기뻤다.

"태사, 먼저 가 계시면 바로 가마에 태워 초선을 보내드리겠습니다."

왕윤은 초선을 불러 앞으로의 일에 대하여 한 번 더 다짐시키며 울면서 가마에 태운다. 다음 날 아침 여포가 어디서 얘길 들었는지 동탁이 초선을 데려갔다는 사실을 알고 크게 화를 내며 왕윤을 찾아왔다.

"왕윤, 어서 나오시오! 아니 도대체 나를 이리 무시할 수가 있소. 나에게 보낸다는 초선이 왜 태사에게 가 있는 거요!"

"장군 무슨 말이십니까? 어제 동탁 태사께서 오셔서 자신이 직접 데려가서 여포 장군과 혼인을 시킬 준비를 한다고 하기에 보내드렸는데 아직 초선을 만나지 못하셨습니까?"

"아니 그게 무슨 말이오. 초선을 본 적도 없거니와 들은 얘기로는 동탁과 함께 방에서 있었다고 합니다."

왕윤은 그럴 리가 없다는 듯 능청스럽게 연기를 하며 여포의 화를 계속 돋우었다.

"아니, 태사가 그런 짐승 같은 짓을 하다니 이게 말이 됩니까? 여포 장군 지금이라도 초선을 다시 찾아오셔야 될 거 같습니다."

왕윤에 대한 오해가 풀리자 동탁에 대한 화가 더 크게 치밀어 오르면서 이를 갈았다.

"내 지금껏 그에게 충성을 다해왔는데 이렇게까지 나를 욕보이다니."

여포는 그 후 동탁 몰래 초선의 방을 찾아가 잠깐이라도 보려 했는데 그 사실을 안 동탁은 여포를 죽이려고 창을 던지기까지 했다. 동탁과 여포 사이가 매우 좋지 않아 모사 이유가 동탁에게 초선을 여포에게 보내라고 하지만 동탁은 이미 초선에게 홀려있어 그 어떤 말도 듣지 않고 오히려 여포에 대한 질투심만 더욱 커지게 되었다. 여포에게 동탁은 더 이상 복종해야 할 태사가 아니라 자신의 여인을 빼앗아간 한 남자일 뿐이었다.

그런 여포에게 왕윤은 미리 계획한 대로 술자리를 만들어 조심스레 동탁을 죽이자고 설득한다.

　　"좋소. 사도께서 도와주시면 내 반드시 동탁의 목을 베어버리겠습니다."

　　그 뒤로 왕윤의 계획대로 순조롭게 진행이 되어 동탁은 가장 가까이에 있으면서 가장 신임하던 여포에게 결국 목이 잘리게 된다. 자신이 가장 아끼던 적토마로 여포를 얻었던 적이 있었거늘 이번에는 반대로 가장 아끼던 여인으로 인해 여포에게 죽임을 당하게 되었다. 싸움에서는 그토록 용맹하고 무서운 장수들이었지만 여자 앞에서는 어느 평범한 농부처럼 한없이 순진하기만 하였고 그런 점을 잘 파악한 왕윤과 초선의 미인계에 속수무책으로 당하게 된 것이다. 남자에게 있어서 가장 무서운 사람은 남자가 아니라 여자인 거 같다. 역사적으로 여자로 인하여 전쟁이 시작되고 여자 때문에 전쟁에 패배했던 사례가 너무도 많다. 동탁이 평소에 호색하지 않았다면 왕윤의 계획에 넘어가질 않았을 테고 초선의 아름다움에 홀리지만 않았다면 여포가 동탁을 죽이지 않았을 텐데 순진한 여포의 눈에는 자신의 여자를 뺏어간 동탁을 한 남자로만 여기게 되어 적토마를 선물해 준 것도 잊고 자신을 양아들처럼 대해주었는데도 결국 배신한 것이다. 동탁과 여포의 불운한 관계에서 확실히 배울 것이 있다. 사람은 결코 이익으로만 따져서 만나지 않아야 된다는 것이다. 순수하게 사람이 좋아서 사람을 만나는 관계는 평생 좋은 관계로 형성되지만, 이익을 추구하며 살다가 이익이 돌아오지 않으면 언제든지 서로를 배신할 수 있는 것이다. 대의를 공감하며 인격적으로 존경할 수 있는 리더가 되어야 한다. 진정한 리더는 복종을 요구하지 않는다. 진심으로 존경하는 마음이 들 수 있도록 말과 행동을 끊임없이 보여주어야 한다. 초선의 미인계를 통해 남자들은 많은 것을 깨우쳐야 한다. 조직을 이끄는 리더뿐 아니라 평범한 사람들도 여자를 만날 때는 늘 삼가하고 또 삼가해야 한다. 외모만 보고 쉽게 판단해서는 절대 안된다. 내면을 중시하여 진정으로 나를 사랑하는지 오랫동안 대화하고 지켜보면서 진실된 마음을 마음으로 보아야 한다. 특히 아름다운 여인일수록 조심하여야 한다. 아름다운 장미꽃에 가시가 있는 것은 장미를 꺾을 때 조심하라는 것이다.

04

조조 호색으로 아들을 잃는다

동탁이 죽고 부하 장수인 장제가 그 무리를 이끌다 전장에서 죽는다. 장제의 조카인 장수가 다시 그 무리를 이어받아 조조를 상대로 싸우던 중 모사 가후의 충언으로 조조에게 항복하게 된다. 조조는 장수를 후하게 대접하고 가까이에 두어 부하 장수로 삼았다. 그러던 어느 날 조조는 오랜 전투에 슬며시 여자 생각이 들어 주위에 명하여 여자를 데려오게 하였는데 하필이면 부하들이 데리고 온 여자가 죽은 장제의 처 이자 항복한 부하 장수인 장수의 숙모 추 씨 부인이었다. 조조는 예의상 항복한 부하 장수의 숙모를 범해서는 안 되는데도 불구하고 장수 몰래 추 씨를 자신의 막사 안에 들어오게 하여 매일 밤낮으로 호색을 즐겼다. 뒤늦게 이러한 사실을 알게 된 장수는 몹시 흥분하면서 화가나 어쩔 줄을 몰랐다.

"조조 네 녀석이 우리 집안을 이렇게 욕보이다니 내 기필코 너를 내 손으로 죽이리라."

장수는 어느 날 주변에서 숙모를 조조에게 팔아 자신의 목숨을 부지한 것이라는 소문을 듣게 되어 더욱더 참을 수 없었다. 예전부터 이끌었던 부하들을 몰래 모아 조조를 치기로 계책을 세웠다. 조조는 날이 갈수록 전투 회의에는 나오지 않고 추 씨에게 빠져 막사 안에서 나오질 않고 있었다. 장수에게는 너무나 좋은 기회라 여겨 조조 주변에 장수들을 하나씩 포섭하면서 차근차근 계획을 실행해 나갔다. 조조의 호위 장수 중 가장 용맹한 전위를 어떻게든 막사에서 빼내려 전보다 전위에게 더욱 자주 찾아가 친밀하게 대하여 호감을 갖도록 만들고 자주 술자리로 불러들여 술에 잔뜩 취하게 만들었다. 드디어 거사를 진행하는 날 술에 취한 전위는 몸을 가눌 수 없는 상태로 잠자리에 들었다. 장수는 잠든 전위 옆에 있는 쌍철 극을 부하들을 시켜 훔치게 하여 전위가 깨어나더라도 전혀 힘을 쓸 수 없도록 만들었다. 그리고 나서 부하들을 시켜 영채 여기저기에 불을 질러 조조의 군사들을 어지럽게 만들었다.

조조는 밖에서 혼란스러운 소리가 들리자 그때서야 추 씨에게 벗어나 밖을 나오는데 자신을 지키는 장수들이 하나도 없었다. 특히 자신이 가장 신임하는 전위가 보이지 않자 매우 불안에 떨었다.

"전위, 전위는 어디 있느냐? 여봐라 대체 무슨 일이 벌어진 것이냐?"

다급하게 전위를 찾았지만, 전위는 그때 자신의 막사에서 잠에
빠져 있었다. 영채가 더욱 혼란스러워지고 군사들이 서로 싸우는
소리가 커지자 전위가 잠에서 깨어났는데 장수의 부하들이 막사
로 몰려들었다. 전위는 미처 갑옷 입을 시간도 없이 쌍철 극을 잡
으려 했지만 놓여있던 곳에는 아무것도 없었다. 하는 수 없이 일
시에 큰 고함을 내며 맨몸으로 돌진하여 병사하나를 쓰러뜨리고
칼을 빼앗았다. 자신의 쌍철 극에 비하면 보잘것없는 무기였지만
그 무기로 최대한 버티며 장수군의 부하들과 맞싸웠다. 그러다 갑
자기 뒤에서 긴 창이 자신의 몸으로 들어오고 하늘에서는 화살이
빗처럼 쏟아져 고슴도치처럼 죽게 되었다. 조조는 전위가 죽은 줄
도 모르고 혼자서 혼비백산이 되어 도망가는데 도중 조카 조안민
이 나타났다. 자신을 보호해 주며 적들과 싸웠지만, 장수의 치밀
하고 급작스런 도발에 속수무책으로 결국 죽게 되었다. 조조는 모
든 것을 체념하여 자신이 곧 죽는 줄 알았다.

"아, 하늘이 오늘 여기서 나를 죽게 하는구나!"

다행히 조조의 명은 그날이 아니었다. 어디서 나타났는지 맏아
들 조앙이 말을 타고 달려왔다. 조앙은 말에서 내려 조조에게 말
에 오르도록 한다.

"아버님 어서 말을 타고 이곳을 벗어나십시오."

　조조는 아들 조앙이 어떻게 되든 상관없다는 듯 말을 타고 도망친다. 조조를 보낸 조앙은 결국 장수의 부하들에게 붙잡혀 죽게 된다. 조조의 정처인 정씨는 후에 맏아들이었던 조앙을 버리고 자신만 살아서 도망 나왔다는 이야기를 듣고 평생 조조를 보지 않았다고 한다. 조조의 호색 때문에 수만 명의 군사들과 아들, 조카 그리고 가장 용맹스러운 장수였던 전위를 잃었다. 조조는 이때 자신의 실수를 죽을 때까지 잊지 않으려 노력하였고 가까운 장수들에게 더욱 예를 다하여 무겁게 대했다. 조조는 장수가 항복한 사람이라 우습게 여기어 마음대로 행동했다. 원래부터 따랐던 사람들보다 더 대접을 잘하였으면 그러한 일이 벌어지지 않을 수 있었는데 장수를 하찮게 여기게 되었고 숙모 추 씨를 마음대로 희롱하였다. 장수는 항복한 것도 늘 마음이 불편했는데 숙모까지 조조가 취하자 목숨을 걸고서라도 자신의 명예를 되찾으려고 싸운 것이다. 가까운 사람일수록 잘 대해야 한다. 진짜 무서운 적은 멀리 있는 것이 아니라 가장 가까운데 있다. 가까운 사람은 그 누구보다 나의 많은 것을 알고 있기 때문에 그 정보를 상대방에게 전할 수도 있고 그 정보로 나에게 큰 피해를 입힐 수가 있다. 나에게 잘못이 전혀 없더라도 가까웠던 사람이 이야기하면 사람들은 그 사람의 말을 쉽게 믿게 된다. 그러므로 리더는 가까이에 있는 사람에게 더 신경을 많이 써주고 어려움이 없는지 무엇 때문에 불편한지를 살펴야 하며 절대로 기분을 상하게 해서는 안 되는 것이다. 아무리 편한 사이일지라도 지킬 것은 지키면서 위엄 있는 모습을 보여주어야 한다. 가까이 있는 사람이 리더를 무시하게 되면 그 조직은 절대로 큰일을 할 수가 없다. 리더는 하고 싶다고 모든 것을 마음대로 할 수 있는 자리가 아니다. 오히려 아랫사람보다 더 참고 인내하며 하고 싶은 것을 참고 양보해야 한다. 그래서 리더는 외롭고 힘든 것이다. 외롭고 힘들지만 그만큼 큰 힘을 사용하여 많은 사람들에게 영향력을 행사하여 밝은 곳으로 이끌 수 있다. 그렇게 하면 오랫동안 많은 사람들의 존경과 사랑을 받게 될 것이다.

도원결의

복숭아밭에서 만개한 꽃잎이 흩날리는 어느 날 유비, 관우, 장비 삼형제가 손을 잡고 하늘에 맹세한다.

"마음을 함께하고 힘을 합치어 어려울 때는 서로 구하고 위태로울 때는 도우며 위로는 나라의 은덕에 보답하고 아래로는 백성을 평안케 하고자 합니다. 비록 한날 한 시에 태어나지는 못했으나 한날 한 시에 죽기를 원합니다."

05

유비 벼슬을 버리고 부하를 살리다

    한나라가 끝나가는 영제 때 세상은 내시들의 세상이었다. 열 명의 내시 즉 십상시들이 관직을 돈을 받고 파니 그렇게 벼슬을 얻은 조정의 썩은 관리들은 백성들에게 무거운 세금을 걷어 굶주리게 했다. 의지할 곳 없는 도탄에 빠진 백성들은 요사스런 종교에 빠져들었고 그중 장각이 만든 태평도가 가장 큰 세력을 형성하였다. 거짓된 술수로 병을 치료해준다는 소문을 들은 백성들의 숫자가 점점 늘어나더니 어느새 수십만이 되었다. 장각은 썩은 조정을 무너뜨리고 자신이 황제가 되려는 마음을 먹었다. 자신을 따르는 백성들에게 누런 수건을 쓰게 하고 관청을 빼앗고 천자가 있는 낙양까지 쳐들어가려 했다. 이것이 황건적의 난이다. 황건적의 난을 진압하기 위해 각지의 장수들이 모여들었고 유비, 관우, 장비 삼형제도 한나라를 지키기 위해 고향에서 500명의 의병을 이끌고 출전해 용감히 싸워 장각의 수하 장수들을 무찔러 큰 무공을 세웠다.

황건적의 난을 진압하는 데 공을 세운 장수들이 저마다 관직을 받고 땅을 하사받는데 그 누구보다 큰 공을 세운 유비, 관우, 장비 삼형제에게는 아무런 기별이 오지 않았다. 그 이유는 십상시들에게 뇌물을 주지 않았기 때문이다. 유비는 자신과 형제들은 둘째 치고 고향에서 함께 따라나선 오백 용사들을 볼 면목이 없었다. 그들을 먹일 식량도 점점 바닥이 나고 있어 마음이 괴로웠다. 그러던 어느 날 우연히 스승 노식의 문하에서 함께 공부한 낭중 장균을 만나 하소연을 하였다.

　　"아니 자네들이 이번 황건의 난을 평정하는데 가장 큰 군공을 세웠는데 어찌 이런 대우를 받을 수 있단 말인가? 내 폐하에게 직접 아뢰어 십상시들을 모두 처단하고 자네에게 큰 벼슬을 내리도록 도와주겠네."

　황제를 만난 장균은 황건의 난에서 공을 세운 장수들에게 뇌물을 요구한 십상시들의 목을 모두 치셔야 나라가 바로 선다고 하는데도 이미 십상시들의 간사한 말에 흠뻑 취해 오히려 장균이 거짓을 말한다고 끌어내 옥에 가두었다.

　십상시들은 앞으로도 장균 같은 자가 나타나 황제에게 진실을 말하면 자신들의 목숨이 위험해질 수 있다고 여겨 그동안 뇌물을 주지 않아 벼슬을 내어주지 않았던 자들에게 작은 관직을 내려주기로 하였다. 드디어 유비도 벼슬을 받게 되었는데 세운 공에 비하면 너무 보잘것없는 안희현에 현위가 되었다.

장비는 너무 하찮은 벼슬이라 여기어 이렇게 말한다.

> "형님, 아니 우리가 겨우 현위 자리 하나 얻으려고 그동안 목숨 걸고 이 고생을 한 거유. 난 거기 안 가렵니다. 그냥 고향으로 돌아갈 랍니다."

유비도 마음이 좋지 않았지만, 그냥 고향으로 돌아가 평범하게 사는 것보다 이참에 떳떳하게 관리가 되어 백성들을 잘 다스리자는 마음으로 현위란 관직을 받기로 하였다. 관우, 장비 두 형제들을 설득하여 어렵게 안희현 작은 고을에 도착하였다.

유비는 부임한 첫날부터 열성을 다해 백성들의 어려움을 도와주었다. 세금을 줄이고 힘든 부역도 가능한 시키지 않았다. 한 달도 안 돼 고을에 모든 백성들은 유비를 마음 깊이 존경하였다. 그러던 어느 날 조정에서 보낸 감찰관리 독우가 찾아왔다.

> "너는 황건의 난에서 아무런 공도 세우지 않았는데 이곳에서 현위를 하고 있다는 보고가 들어왔다. 네놈의 벼슬을 당장 떼고 혼을 내야겠구나."

유비는 독우가 자신을 이렇게 대하는 이유를 이해할 수 없었다. 함께 일하는 관리들은 독우가 바라는 것이 뇌물이라고 말해주었다. 유비는 그동안 쌀 한 톨도 백성들의 이익을 해하는 일이 없었기에 아무것도 줄 것이 없었고 줄 생각도 없었다. 독우는 뇌물을 주지 않는 유비에게 없는 죄를 씌우기 위해 유비를 보필하는 관리들을 불러들여 유비의 죄를 억지로 꾸며 말하게 하였는데 모두 유비의 인품에 반해 거짓을 말하지 않았다. 독우는 그런 관리들을 심하게 매질하며 고문하였다. 이런 일들을 지켜보던 유비는 너무 억울하고 괴로웠다.

"아, 나로 인해 아무 죄 없는 관리들이 매를 맞는구나."

주막에서 술을 마시고 취해있던 장비가 뒤늦게 독우의 행패를 알고 관리들을 매질하는 현청으로 달려간다. 앞뒤 가리지 않고 바로 문을 부수고 들어가 독우의 머리채를 한 손으로 휘어잡고 땅에 패대기를 친다.

"너 독우 이놈의 자식아, 넌 오늘 나한테 죽었다."

독우는 갑작스런 봉변에 당황하지만 교활한 인간이라 장비에게 무조건 잘못했다며 울면서 빈다.

"아이고 장군님 살려주십시오. 제가 죽을죄를 졌습니다."

하지만 장비는 분이 풀리지 않아 말을 매어두는 말뚝에 독우를 묶고 옆에 있는 버드나무 회초리를 한 줌 꺾어 독우의 온몸을 후려쳤다. 비명을 지르며 살려달라는 말에 장비는 더욱 세게 매질을 하였다.

한편 유비는 고문당하는 관리들을 살리기 위해 현위 자리를 그만두기로 결심한다. 현위 인수를 들고 독우에게 가는데 장비가 독우를 묶고 매질을 한다는 얘기를 들었다. 빠른 걸음으로 달려가서 보니 장비 앞에 크게 울면서 살려달라고 애원하는 독우를 보았다. 독우는 유비를 보자마자 더 크게 외쳤다.

"아이고, 유비 장군님 제발 나 좀 살려주시오. 유비 장군님 흑흑 제발."
"장비야, 그만 하여라. 독우 너는 내 말을 잘 들거라. 나는 오늘부로 이곳 현위가 아니다. 내 너에게 현위 인수를 주기 위해서 왔다. 네가 그동안 저지른 행동을 보면 절대로 살려 둘 수 없지만, 하늘은 네 목숨도 귀하게 여기니 잠시 네 목을 붙여둔다. 반드시 평생 뉘우치며 백성들을 사랑하며 살도록 해라. 자 여기 현위 인수를 가지고 어서 돌아가거라."

유비는 황건의 난에서 큰 공을 세우고도 제대로 된 벼슬을 받지 못하였다.

뒤늦게 안희현이란 작은 고을을 다스리는 현위가 되어 열성을 다해 백성들을 보살피려 했다. 진심으로 백성들의 마음을 어루만지며 아끼고 사랑하자 백성들도 유비를 가슴 깊이 존경하였다. 내가 맡고 있는 직책이 보잘것없고 작다라도 혼신을 다해 최선을 다하는 것이 중요하다. 누가 알아주지 않는다고 걱정할 필요가 없다. 매 순간 자기 자신 스스로에게 당당할 수 있는 뿌듯한 삶을 살아야 한다. 유비처럼 진실된 마음으로 최선을 다해 살아도 독우 같은 사람을 만나 어려움을 겪을 수 있다. 사업을 할 때도 나는 정말 열심히 그 누구보다 노력하며 사는 데도 실패할 수가 있다. 직장에서도 그 누구보다 정직하게 열정적으로 일하는데도 아무 잘못을 하지 않았는데도 상사에게 미움을 받을 수 있다. 도대체 이런 일들이 왜 생기는 걸까? 이에 대한 해답을 2000년 전에 맹자 선생님께서 말씀해 주셨다.

"하늘이 그 사람에게 큰 사명을 내리려 할 때는 반드시 먼저 그의 마음과 뜻을 흔들어 괴롭히고 뼈마디가 꺾어지는 고통을 당하게 하고 그의 생활을 궁핍하게 하며 그가 하는 일마다 어지럽게 하나니 이는 그의 타고난 못난 성품을 두들겨서 참을성을 길러주어 지금까지 할 수 없었던 일도 능히 할 수 있게 하기 위함이다."

세상 모든 사람들에게 시련이 찾아온다. 시련은 고통스럽다. 하지만 그 고통을 극복하고 나면 나의 정신은 더 크게 성장한다. 결국, 시련은 좋은 것이다. 내가 긍정으로 받아들이고 반드시 이겨내겠다는 마음을 가진다면 시련은 좋은 것이다. 유비가 현위 자리를 포기하고 떠났지만 후에 한중왕이 된다.

지나온 모든 과거를 긍정으로 생각하면 긍정적인 미래가 만들어진다. 시련이 찾아오면 당장은 힘들고 괴롭겠지만 먼 훗날 더 멋진 모습으로 변할 자신의 모습을 그리며 견뎌야 한다. 유비는 부하를 살리기 위해 자신이 가진 큰 것을 내놓았다. 리더라면 아랫사람들이 힘들어하는 것을 보고 유비처럼 안타까워해야 한다. 이런 유비의 모습을 지켜보는 부하들은 진심으로 유비를 흠모할 것이며 목숨을 바쳐 지킬 것이다. 리더는 사소한 것이라도 관심을 보여 어려움을 들어주고 돌봐주어야 한다. 슬픈 일에는 마음을 다해 어루만져 주고 힘들어할 때는 따뜻한 말 한마디로 용기를 주어야 한다. 유비처럼 행동하기가 쉽지 않지만 계속 닮아가려 노력해야 한다.

06

장비 유비를 떠나려 짐을 싸다

유비, 관우, 장비 삼형제는 탐관오리 독우로 인해 어렵게 얻은 현위 자리를 버리고 대주 태수 유회에게 의탁한다. 얼마 후 어양 땅에서 스스로 황제를 칭한 장순, 장거 형제를 물리치는데 삼 형제가 큰 공을 세웠지만, 역시나 이번에도 십상시들에게 뇌물을 주지 않아 좋은 관직을 얻을 수 없었다. 뒤늦게 이러한 사실을 안 공손찬의 도움으로 어렵게 평원 현에 현령이 된다. 유비가 세운 공으로는 작은 벼슬이지만 백성들을 보살피기 위해 정성을 다했다. 관우와 장비도 비록 얼마 안 되는 보졸이지만 그들의 무공을 활용하여 훈련시키니 서서히 모든 병사들이 정예군이 되어가고 있었다. 유비도 하루도 빠짐없이 조련장에 나와 병졸들을 격려하면서 마음을 쏟았다.

그렇게 몇 달이 흐르고 관우는 어제처럼 조련장에 나와 병졸들을 훈련시키려고 하는데 매일 보던 장비가 보이질 않았다. 어찌

된 건지 주위 장졸에게 물어보니 근처 주막집에서 술을 먹고 있다고 하였다. 관우는 요 몇 달 술도 먹지 않고 자신과 함께 병졸들만 훈련시키는데 전념하던 장비라 매우 의아해하면서 필시 무슨 일이 생긴 거라 생각하고 곧바로 주막으로 향하였다.

"아니 장비야, 대낮부터 여기서 뭐 하고 있는 것이냐? 한동안 술을 대지 않아 끊은 줄 알았는데 무슨 일이 있는 것이냐?"

관우가 옆에 서서 말하는데도 본체만체 거들떠보지도 않고 계속 술을 들이킨다.

"오늘부터 조련장에 안 나갈 거유. 형님 혼자서 하슈."
"대체 왜 그러느냐? 연유라도 알아야 할 것이 아니냐?"
"형님, 다 틀렸수다. 난 고향으로 돌아갈 거유."

장비는 술을 큰 대접으로 한잔 더 들이키며 일어나 밖으로 나가 말에 올랐다.

"장비야, 가긴 어딜 가느냐 형님과 함께 지금까지 대의를 위해 준비하고 있는데 네가 가면 어찌하느냐?"
"대의는 무슨 얼어 죽을 놈의 대의요. 과연 유비 형님이 대의를 기억하기나 한답니까?"

"네 이놈 감히 유비 형님에게 그 무슨 버릇없는 말이냐?"

"나 먼저 가겠소. 관우 형님이나 옆에서 잘 보좌하슈."

장비는 뒤도 돌아보지 않고 말을 달렸다.

관우는 멀어지는 장비의 뒷모습을 바라보며 대체 장비가 왜 저러는지 유비 형님이 요사이 행동이 어떠했는지 생각해본다. 그러고 보니 요사이 유비는 매일 나오던 조련장에도 사흘에 한 번 나흘에 한 번 볼 수 있을 정도였다. 마을의 여러 문제들을 처리하느라 바빠서 그렇게 거니 생각했는데 장비는 이해를 못하였나보다 생각했다.

관우는 깊은 생각을 하다 이내 말에 올라 장비를 뒤따라 달린다. 한참을 달려 간신히 장비의 말을 가로막고 화가 났는지 청룡언월도를 번쩍 들고 외친다.

"장비, 네 이놈 네가 떠나려거든 먼저 이 청룡언월도를 지나가야 할 것이다."

"형님, 막지마슈. 그냥 가겠수다."

"장비야, 복숭아나무 아래서 한 맹세를 잊었느냐? 한날한시에 태어나지는 않았지만 한날한시에 죽기로 맹세하지 않았느냐?"

"난 그런 형님은 필요 없수다. 의형제 안 할랍니다."

"장비야, 떠날 때 떠나더라도 유비 형님에게 인사는 하고 가는
게 어떻겠느냐? 나도 유비 형님의 마음을 들어보고 진정 대의
를 잃어버렸다면 너와 같이 가겠다."

장비는 관우가 이렇게까지 나오자 하는 수 없이 유비를 만나고
나서 떠나자고 생각을 바꾸었다. 유비는 그날도 마을 부호인 감가
장 댁에 있었다. 관우와 장비는 문밖에서 유비가 나올 때까지 기다
렸다. 한참을 기다리니 유비가 방에서 나오면서 둘을 쳐다보았다.

"아니, 자네들이 여기 어쩐 일인가?"
"형님, 요사이 저희들이 옆에서 잘 보좌하지 못해 죄송합니다."

관우는 그래도 아직 유비의 뜻을 몰랐기에 전처럼 겸손하게 말
하였다. 허나 장비는 얼굴이 매우 불편해 보였다.

"일단 내 집으로 가세. 오랜만에 술이나 한잔하면서 얘기 좀
하세."

유비는 둘이 별안간 찾아온 이유를 어렴풋이 알 것 같았다. 삼
형제는 집으로 가는 도중에 그 누구도 말 한마디 하지 않았다. 도
착하여 술상이 차려지고 나서 유비가 먼저 이야기를 꺼내었다.

"내 그동안 자네들에게 너무 무심했던 거 같아 미안하네. 그동
안 병사들을 조련시키느라 정말 고생 많았네. 이제 드디어 그
병사들을 이끌고 나갈 때가 온 것 같네."

관우와 장비는 서로 잠시 얼굴을 쳐다보는데 장비가 갑자기 엎
드리고 큰 소리로 울면서 잘못을 빌었다.

"형님, 정말 잘못했수다. 형님이 대의를 잊어버린 줄 알고 떠나
려 했수."

장비는 감정의 기복이 매우 심하여 이렇게 금방 자신의 죄를
뉘우치고 울면서 용서를 빌었다.

"아니다. 자네들이 오해하도록 내가 행동했으니 모든 것은 다
나의 잘못이다."

관우도 잠시나마 유비를 의심했던 것이 부끄러워 눈물을 흘리
며 장비와 함께 용서를 구했다. 유비는 두 형제를 얼싸안고 함께
큰 소리로 울었다.

"요 며칠 동안 떠날 준비를 하느라 자네들에게 소홀해서 미안
하네. 그동안 마을 부호들을 만나 군자금을 지원받으려고 설

득하고 다녔다네. 그동안 내 노력이 헛되지 않아 부호 몇 분께서 도와주시기로 했네. 대장부에게 대의보다 더 중요한 것이 무엇이 있겠는가? 내일 당장 떠나도록 하세."

관우와 장비는 모든 오해가 풀리자 유비에 대한 존경심이 더욱 더 커지게 되었다. 작은 사건이었지만 이로써 삼형제는 전보다 더욱더 깊은 정과 의리로 뭉쳐져 바위처럼 단단해졌다. 아무리 서로를 잘 아는 사이라 할지라도 가까운 관계라 할지라도 오해는 생길 수밖에 없다. 어떻게 보면 오해란 것은 가깝기 때문에 생기는 거라고도 할 수 있다. 부부간에 생기는 오해도 많고 부자지간에 형제지간에 생기는 오해가 정말 많다. 조직에서는 상사와 부하, 동료들 간에도 아무것도 아닌 것으로 오해가 생기는데 오해를 푸는 가장 쉽고 빠른 방법은 대화밖에 없다. 서로 아무 말도 없이 지내다 보면 결국 멀리 있는 사람처럼 가까이 있어도 남이 되어 버린다. 거기다 가까이 있던 사람도 장비처럼 떠나려고 한다. 여러 사람들과 복잡한 인간관계로 얽혀 있는 한 오해는 절대로 피할 수 없다. 만일 누군가 자신을 오해하더라도 너무 낙심하지 말고 어떻게든 대화로 풀어야겠다고 마음먹고 실천하면 된다. 나에게 말을 걸기 전에 내가 먼저 말을 걸어 대화를 시도해야 한다. 비가 온 뒤 땅이 더 단단하게 굳는 것처럼 오해가 비록 좋은 것은 아니지만 오해가 풀리고 나면 삼형제처럼 더욱더 끈끈한 관계로 발전할 수가 있다. 인간관계는 서로 다른 모양의 톱니바퀴처럼 처음에는 잘 맞지 않아서 계속 삐거덕거리는데 그래도 계속 부딪히고 맞물리려고 노력하다 보면 언젠가는 자연스럽게 잘 들어맞게 된다. 오해와 갈등이 있기 때문에 세상이 재밌는 거라 생각하면 좀 더 편하게 살 수 있다. 오해가 있다는 것은 그만큼 무언가를 함께 한다는 것이니 발전적인 것이다. 오해를 풀려고 노력하는 유비와 중간에서 오해를 풀어주려고 노력하는 관우, 오해로 인해 떠나려 했지만 자초지종을 듣고 난 후 자신의 잘못을 깨우친 장비 삼형제 셋 모두에게 배울 점이 크다.

영웅이 영웅을

알아보는 법이다

07

관우 청룡언월도를 휘둘러 위엄을 떨친다

천자를 겁박하고 한나라를 폭정으로 장악한 동탁을 제거하려 조조는 의병을 모집한 후 격문을 띄워 각 지역의 제후들을 불러 모은다. 원소, 원술, 공손찬, 손견을 포함해 18명의 제후들이 한곳에 모였다. 공손찬은 유비, 관우, 장비와 함께 출전하였다. 조조는 제후들의 상하질서를 위해 맹주로 원소를 추대하려고 한다.

"여러 제후들이 모였지만 힘을 합치기 위해 맹주를 세워야 합니다. 원소는 사세오공의 이름난 가문 출신으로 우리의 맹주로 받들어도 될 만한 인물이라 여겨 감히 추천합니다."

원소는 여러 번 사양했지만 모든 제후들이 원소를 맹주로 추대하여 결국 승낙하였다. 원소는 명문의 공자답게 위엄스런 군령을 내린다.

"손견, 그대가 가장 용맹하니 먼저 사수관으로 달려가 동탁을 쳐부수도록 하라!"

손견이 맹주 원소의 명으로 부하 장수들과 군사들을 이끌고 사수관에 도착하자 동탁이 가장 아끼는 여포가 달려 나가려는데 여포 옆에 호랑이 몸에 머리는 표범처럼 생긴 화웅이 크게 말한다.

"닭 잡는데 어찌 소 잡는 칼을 쓸 수 있겠습니까? 제게 맡겨주시면 제후들의 목을 전부 가져오겠습니다!"

화웅은 말을 타고 곧장 손견에게 달려가 우레 같은 고함소리를 내며 창을 휘둘렀다. 손견은 화웅을 상대로 몇 차례 칼을 받다가 위험한 상황에 놓이게 되고 손견의 부하 장수 조무가 나타나 손견을 구하고 대신 죽게 된다.

제후들은 화웅을 상대로 자신들의 상장군을 내보내는데 보낼 때마다 계속 이런 소리가 들려온다.

"유협 장군이 삼 합도 안 돼 화웅의 칼에 당하셨습니다."
"반봉 장군이 한 칼에 화웅에게 목을 잃으셨습니다."

제후들은 화웅의 무서움에 모두 몸을 사리고 어찌할 줄 몰랐다.

장수들도 다음에 누가 나갈지 눈치만 보며 겁을 먹고 있는데 공손찬 뒤에 서 있던 관우가 크게 소리친다.

"소장이 한번 나가도 되겠습니다. 반드시 화웅의 목을 가져오 겠습니다."

제후들이 누군가 보니 키가 아홉 자에 긴 수염을 하고 대춧빛 같은 얼굴을 한 마궁수 였다. 장수도 아닌 일개 마궁수가 나서겠 다고 하니 지켜보던 원술이 한마디 한다.

"너는 한낱 궁수가 어딜 함부로 나서느냐! 썩 나가거라!"

하지만 조조는 관우가 범상치 않은 인물이라 생각해서 원소에 게 이렇게 말했다.

"비록 마궁수지만 이 사람이 큰 용기를 가지고 있는 듯하니 한 번 나가보게 하는데 어떻겠습니까?"

조조가 부탁하는데도 원소는 탐탁지 않게 여겼다.

"마궁수를 내 보냈다는 사실을 화웅이 알면 얼마나 우리를 우 습게 여기겠소."

관우는 자신을 무시하는 원소, 원술 형제에게 분함을 느꼈지만 억누르고 한 번 더 크게 외친다.

"제가 화웅의 목을 가져오지 못하면 제 목을 쳐도 원망하지 않겠습니다."

가만히 곁에 있던 유비가 원소 앞으로 나선다.

"제 아우가 화웅의 목을 베지 못하면 저 유비의 목을 드리겠습니다."

유비가 이렇게까지 나오자 다른 제후들도 원소에게 관우를 내보내보자고 설득하고 원소는 어차피 다른 장수들도 겁을 먹어 나서지 못하는 상황이라 어쩔 수 없이 관우의 출전을 승낙한다.

조조는 관우의 범상치 않은 태도가 마음에 들어 데운 술을 가져오게 하여 관우에게 권한다.

"나가기 전에 술 한 잔 들고 가시오."

관우가 청룡언월도를 들고 장막을 나서다 술을 권하는 조조에게 말한다.

"술은 화웅의 목을 가져온 후 마시도록 하겠습니다."

장막을 나온 관우는 몸을 날려 말을 타고 성난 용처럼 우레 같은 고함소리를 지르며 화웅을 향해 달려 나간다.

잠시 후 천둥 번개가 치는 듯한 칼 부딪히는 소리가 나더니 갑자기 조용해 졌다. 도대체 무슨 일이 일어난 것인지 매우 궁금해 하던 제후들은 관우가 화웅의 목을 들고 장막 안으로 들어오자 크게 놀라워했다.

"여기 화웅의 목을 가지고 왔소이다."

제후들 앞에 화웅의 목을 던지고 장막을 나가기 전 조조가 따라두었던 술을 들이켰다. 데운 술은 아직 식지 않았다.

관우는 일개 마궁수였지만 상장군들도 이기지 못했던 화웅의 목을 베었다. 원소와 원술은 겉으로 드러나는 것을 중요시 여기는 인물이었다. 자신들이 명문의 후예라고 잘난 체를 하고 자신들보다 신분이나 직급이 낮으면 무시하는 사람이었다. 이런 사람들은 리더가 아니다. 반면 조조는 비록 마궁수지만 능력을 검증할 수 있는 기회를 주려고 하였다. 조조는 출신이나 신분 가문을 중요시 하지 않고 능력을 가장 중요시하였다. 원소와 원술이 다른 제후들보다 빨리 사라지게 된 이유는 아랫사람을 다스리는 덕이 없었고 사람을 보는 눈이 없었기 때문이다. 아무리 낮은 신분이라도 조조처럼 예의를 갖추고 대해야 한다. 조조는 리더의 조건을 많이 갖춘 인물이다. 우리는 위 일화에 나오는 조조 같은 리더를 좋아한다. 나이가 어리다고 학력이 낮다고 돈이 없다고 무시하지 않고 자신과 동등하게 인간적으로 대해줄 수 있는 리더를 따르고 싶어 한다. 나의 잠재력을 알아보고 그 능력을 발휘 할 수 있도록 응원하고 격려해주는 리더를 존경한다. 진정한 리더는 부하 직원들의 잠자고 있는 능력을 일깨워 줄 수 있어야 한다. 리더의 눈과 마음은 늘 열려있어야 한다. 고정관념을 버리고 선입견을 지우고 있는 그대로 그 사람의 말과 행동 태도를 유심히 관찰하면 조조가 관우에게 발견한 아우라를 우리도 찾을 수 있다. 관우의 자신감 있는 태도에서도 많은 것을 배울 수 있는데 비록 마궁수였지만 제후들 앞에서 절대 주눅 들지 않았고 당당하게 큰소리로 외쳤다. 세상은 당당한 사람에게 끌려가도록 만들어졌다. 나를 잘 모르는 사람들은 당연히 나를 무시할 수 있다고 생각해야 한다. 중요한 것은 상대방이 나를 무시해도 내가 나를 무시하지 않는 것이다. 내가 나를 높이 여기고 능력을 보여주면 무시하던 사람들이 모두 박수를 보낸다. 직업에 귀천이 없다고 하는데 사실 직업에는 귀천이 있다. 환경미화원, 아파트경비원, 대리기사를 정직하게 최선을 다하며 맡은 일을 끝까지 해내는 사람들은 귀한 직업을 가지고 있는 것이고 대통령, 장관, 국회의원, 판사, 검사가 불법을 저지르고 뇌물을 받고 남을 속이면 천한 직업을 가진 것이다. 신분, 출신, 직업은 중요하지 않다. 무슨 일을 하던 나의 재능을 모두 발휘해서 혼신을 다하는 것이 가장 중요하다. 조조처럼 사람을 대해야 한다.

남을 높이는 것은 곧 나를 높이는 것이다. 나를 높이려면 남을 높여야 한다. 누굴 만나든 그 사람의 겉모습이 아닌 인성, 인품, 태도를 중요하게 여겨 오랫동안 아름다운 관계를 만들어 나가야 한다. 눈으로 보이는 것보다 눈에 보이지 않는 것을 마음으로 느끼고 보려고 노력하자.

조조의 야심

동탁이 조정을 어지럽히다 여포에게 죽게 되자 동탁을 따르던 장수들이 다시 반란을 일으킨다. 조조는 조정에 상황을 예의주시하다 자신의 군사들을 이끌고 낙양에 입성해 동탁의 잔당들을 모두 쓸어버리고 싶었다. 곁에 있던 모사 순욱이 그런 조조의 마음을 헤아리고 말한다.

"주공 천하를 얻기 위해서는 스스로 다가가는 수고로움도 있어야 하지만 때로는 천하가 스스로 다가오기를 기다릴 줄도 알아야 합니다."

08

조조 스스로 머리를 자르다

장수에게 크게 혼난 조조는 복수를 위해 다시 대군을 이끌고 장수를 찾아 나선다. 건안 삼 년 초여름 4월 들판에는 보리가 한창 익고 있었다. 보리밭을 지나가는데 보리를 베는 농부들이 전혀 보이지 않았다.

"귀한 보리가 참 탐스럽게 익었구나! 그런데 농부들은 다 어디 간 것이냐?"

어찌 된 일인지 장졸을 시켜 알아보았더니 전쟁에 오랫동안 시달려온 농부들이 조조가 지나간다는 소리를 듣고 모두 숨어있다는 것이었다. 조조군이 오면 분명 약탈할 거라 여기어, 보리를 베지 않고 있던 것이다. 자초지종을 듣고 난 조조는 휘하 모든 장수들과 병사들에게 엄하게 명한다.

"나는 대의를 위해 백성을 구하고자 군사를 일으켰다. 우리가 보리가 익어가는 때 어쩔 수 없이 대군을 이끌고 이곳을 지나가지만, 너희들 중 누구라도 농부들이 애써 심은 보리를 밟기만 하더라도 그 목을 베리라."

조조의 말은 그곳 백성들에게 모두 퍼져 나가게 되었고 농부들은 저마다 기뻐하고 조조를 칭송하며 보리를 베러 밭에 나왔다. 장졸들은 조조의 명을 받들어 보리밭을 밟지 않도록 모두 말에서 내려 조심히 지나갔다. 보리를 베던 농부들은 그들이 지나갈 때 모두 엎드려 절하며 감사 인사를 드렸다. 조조는 백성들의 환대에 응대하며 기분 좋게 보리밭을 지나가는데 자신이 탄 말이 밭 가운데서 날아오르는 꿩에 놀라 뒷걸음을 치다 그만 보리밭으로 들어가 여러 곳을 짓밟아놓고 말았다. 모두가 놀라 조조를 바라보는데 조조는 아무 말 없이 말에서 내려 법을 집행하는 행군 주부를 불렀다.

"내가 분명 보리밭을 밟는 자는 목 베라 하였다. 행군 주부는 나의 죄를 그대로 물어 나의 목을 베어라!"

불러온 행군 주부는 몹시 난감했다.

"승상, 어떻게 이런 일로 승상의 죄를 논할 수 있겠습니까? 명을 거두어 주십시오."

모든 장졸들이 놀라고 가까웠던 장수들이 무릎을 꿇고 명을 따를 수 없다고 외치는데 조조는 스스로 허리에 차고 있던 칼을 뽑아 스스로 목 베려 하였다. 다행히 장수들이 달려들어 칼을 뺏고 울면서 조조를 자제시켰다.

"너희들이 군법을 거역할 셈이냐, 어서 나를 죽여라!"

그때 모사 곽가가 나서서 조조를 진정시킨다.

"승상, 옛 책 춘추에도 나와 있듯이 그 어떤 법도 존귀한 데는 미치지 못합니다. 천자의 명으로 대의를 위해 나서신 존귀한 분이신데 어찌 스스로를 죽이려 하십니까?"

조조는 곽가의 말을 듣고 한참 동안 눈을 감고 깊이 생각하더니 갑자기 투구를 벗고 머리칼을 잘라 땅에 던지며 크게 소리쳤다.

"내 비록 목을 남겼으나. 이 머리칼로 내 목을 대신하겠다!"

조조는 다시 투구를 쓰고 말에 올라 부하 장수들에게 명한다.

"내가 짓밟은 보리밭의 농부를 찾아와라! 내 직접 사과하고 은 자로 배상할 것이다."

　자신의 머리칼을 베는 것이 당시에는 목을 베는 것과 다름없는 매우 치욕스러운 일이었다. 그 모습을 지켜본 장수들과 병사들은 너무 놀랍기도 하면서 크게 무서워하였다. 그 이후로 보리밭을 지나갈 때는 더욱더 조심하고 그 누구도 백성들을 불편하게 하지 않았다. 조조가 실제로 자신의 목을 베지 않은 것을 두고 설령 의도적으로 꾸민 것이라 할지라도 스스로 머리칼을 베어 버린 것은 평범한 리더는 감히 흉내조차 내지 못할 것이다. 조조는 그만큼 자신이 한 말에 책임을 지기 위해 큰 결단을 내린 것이다. 리더는 아랫사람에게 행동으로 보여주어야 한다. 말로만 하고 행동하지 않는 리더는 그 어떤 부하도 존경할 수 없고 따르지 않는다. 리더는 많은 말을 해서도 안 되고 쓸데없는 말을 해서도 안 된다. 정말 필요한 말만을 아껴서 사용해야 하고 그 말을 지키기 위해서는 조조처럼 목숨까지 걸 수 있는 용기를 가져야 한다. 지금 우리 사회 리더들 중에 과연 조조처럼 자신이 한 말을 지키려고 노력하는 사람이 얼마나 있을까? 어떻게든 변명하면서 남에게 책임을 전가해 빠져나가려고 하는데 그것을 모르는 사람은 없다 다들 말을 하지 않고 있을 뿐이지 모두가 보고 있고 느낄 수 있다. 아랫사람이 따라오지 않는다고 불평하는 사람은 리더의 자질이 부족한 사람이다. 모든 것은 리더 자신의 문제라 인정하고 아랫사람이 따라올 때까지 인내하고 설득하고 직접 몸으로 묵묵히 보여주어야 한다. 리더는 자신이 한 가지 행동을 했다고 해서 아랫사람이 한 가지 행동을 할 거라 바라지 말고 자신이 열 가지 행동을 하면 한 가지 행동을 할 수 있을 거라 생각해야 한다. 리더는 말로 아랫사람을 부리는 것이 아니라 행동으로 스스로 알아서 움직이게 해야 한다. 리더는 자신의 실수를 인정하고 그것에 대한 죄가 있다면 마땅히 공평하게 받아야 한다. 리더가 죄를 짓고도 아무렇지 않게 넘어가면 그를 따르는 모든 사람들도 그렇게 하여 세상이 혼란스러워지게 된다. 세상이 바로 서려면 리더가 바로 서야 한다. 리더가 세상이고 세상이 곧 리더다.

09

큰 적 하나보다 작은 적 여럿이 더 무섭다

조조는 이리 같은 여포가 세력을 키우기 전에 없애야겠다는 전 갈을 유비에게 보내고 협공하여 여포가 지키고 있는 하비성으로 쳐들어간다. 뒤늦게 자신을 죽이러 온다는 소문을 들은 여포는 모사 진궁을 불러 어떻게 대처해야 할지를 물었다.

"주공, 적들은 먼 길을 왔기에 매우 지쳐있습니다. 지금 바로
공격하여야 승리를 할 수 있습니다."

여포는 진궁의 계책대로 공격하기로 하고 장수들에게 성을 나 갈 채비를 하라고 명하였다. 성을 나가기 전에 아내인 엄 씨 부인 을 찾아가 싸우러 간다는 말을 하는데 엄 씨가 갑자기 울면서 매 달린다.

"당신이 나가서 돌아오지 못할까 봐 걱정됩니다. 그냥 성을 굳

게 지키면서 저와 함께 해주셨으면 좋겠습니다."

귀가 얇은데다가 아내가 울면서 그처럼 매달리니 괜히 나가서
고생하는 것보다 성을 방어하는 것으로 마음을 돌렸다.
모사 진궁은 펄쩍 뛰면서 여포를 찾아가 다시 진군을 재촉하는
데 여포는 별다른 대답을 하지 못했다.

"장군 지금이 절호의 기회입니다. 어서 공격을 명해주십시오."
"음 생각 좀 더 해보리라. 그만 나가보시오."

진궁은 뒤늦게 여포의 아내 때문에 일이 틀어진 것을 알고 크
게 한탄하였다.

"아, 내가 결국 성안에서 죽겠구나! 여포 이 미련한 자를 믿고
지금까지 왔는데 여기서 끝나는구나."

여포는 어떻게 해야 할지 몰라 망설이던 중 첩으로 있던 초선
을 찾았다. 초선 역시 여포가 성을 나간다고 하자 걱정스러운 눈
빛으로 여포에게 매달려 나가지 말라고 교태를 부렸다.

"장군께서는 이 몸의 주인이신데 저를 버리고 가시면 되겠습니
까? 장군 없이는 하루도 살 수 없습니다."

여포는 매일 밤마다 아끼는 처와 사랑하는 첩들이 자신들을 버리지 말라고 애원하자 결국 싸우러 나가지 않았다.

그래도 조금의 지모는 있는지 모사 진궁의 계책대로 하는 것이 맞을 거 같다는 생각은 하였다. 하지만 그렇게 하지 않고 있는 죄책감으로 매일 술에 빠져 지냈다. 어느 날 아침 눈을 뜨고 거울을 보는데 자신의 몰골이 말이 아니게 볼품없었다. 그동안 처첩과 함께 술에만 빠져 몸도 야위고 정신도 피폐해진 것이다. 뒤늦게 정신을 차리고 다시는 술을 먹지 않으리라 다짐하고 모든 장수들과 병졸들 앞에서 자신이 술을 끊었으니 그 누구도 먹어서는 안 된다고 엄하게 명을 내렸다.

"오늘부터 지위의 높고 낮음에 상관없이 술을 먹는 자는 그 목을 베리라!"

장수와 병사들은 술을 먹지 못하게 된 것보다 여포가 술을 끊고 전쟁 준비에 전념할 수 있게 되어 기뻐했다. 그렇게 조조를 상대로 철저히 성을 방어하여 지키고 있던 어느 날 군중에서 몇 명의 병사들이 말을 이끌고 조조에게 투항하려고 성을 나갔다. 뒤늦게 그 사실을 알고 여포가 아끼는 장수인 후성이 그들을 쫓아가 모두 사로잡았다. 동료 장수들이 찾아와 대단한 일을 했다고 공을 치하하며 한 장수가 기분에 들떠 술자리를 갖자고 말하는데 후성은 여포의 엄명이 생각나 말렸다.

"다들 주공의 명을 잊으셨소? 정 술을 먹고 싶다면 내가 직접
주공을 찾아가 허락을 맡아보겠소."

후성은 여포에게 찾아가 자신이 도망치던 병사들과 말을 되찾
았다고 보고하고 여러 장수들과 술자리를 가져도 되는지 기대에
차서 물어보았다. 하지만 여포는 후성의 공을 치하하기는커녕 술
을 먹겠다는 소리에 눈이 뒤집혀 길길이 날뛰며 크게 소리쳤다.

"네 녀석은 내가 술을 먹으면 목을 벤다는 명을 잊었느냐! 감
히 나도 먹지 않고 있는데 어찌 너희들이 술을 먹겠다는 소리
를 할 수 있느냐. 너는 술을 먹은 거나 다름없다. 여봐라, 저
놈을 끌고 가서 목을 베라!"

후성은 병사들에게 끌려 나가면서 너무 황당하고 억울하고 참
담하였다. 그 소식을 들은 여러 장수들이 여포에게 찾아와 후성
대신 용서하고 빌었다.

"주공, 후성의 목숨을 살려주십시오. 저희들도 잘못이 있으니
죽이시려면 함께 죽여주십시오."

아끼는 장수들이 모두 찾아와 용서를 구하고 엎드려 빌자 여포
의 마음이 점차 가라앉았다.

"내 너희들의 간청으로 후성의 목숨은 살려주겠다. 하지만 그 죗값은 물어야겠으니 매 백 대를 쳐라!"

어찌 됐든 후성이 죽음을 면하게 된 것만으로 감사하게 생각한 장수들은 그대로 물러났다. 후성이 매 백 대를 맞을 정도로 잘못하지 않았다는 것을 모든 장수들과 병사들이 알고 있었다. 서서히 여포에 대한 미움이 크게 자라나기 시작했다. 매를 맞은 후성은 일어나지도 못하고 누워 쉬고 있는데 동료 장수인 송헌과 위속이 위로하려고 찾아왔다.

"장군들이 아니었다면 나는 죽었을 것이오. 정말 고맙소."

그때 이미 송헌과 위속은 여포를 자신들의 주공으로 여기지 않고 있었다.

"여포 그 작자가 아무 죄 없는 장군을 이 지경으로 만들다니."
"처첩만 아끼고 우리들은 지푸라기보다 못하게 여기고 있소이다."

셋의 불평은 커져만 가고 분위기가 그렇게 돌자 거침없이 여포를 욕하였다. 그러다 송헌이 갑자기 목소리를 죽이며 둘에게 말했다.

"여포를 죽입시다! 어질지도 못하고 의롭지도 않으니 그를 따르는 것은 옳지 않소."

엄청난 말이었지만 둘은 이미 그렇게 하고 싶은 마음이 컸기 때문에 모두 그 일에 동참하기로 했다. 두 장수 모두 여포가 아끼는 장수들이라 여포의 침소에 쉽게 드나들 수가 있어서 일은 그렇게 어렵지 않았다. 먼저 여포가 아끼는 방천화극부터 몰래 빼내었다. 그리고 여포가 잠들어 있는 것을 확인한 후 송헌과 위속이 재빨리 달려들어 밧줄로 꽁꽁 묶어버렸다. 여포는 자다 말고 부하 장수들에게 사로잡히자 배신감에 치를 떨면서 큰소리로 욕하였다.

"야! 이놈들아! 너희들이 어찌 나를 배신하느냐. 배은망덕한 놈들아 어서 풀어라!"

옆에서 그 모습을 지켜보던 후성이 한마디 하였다.

"이 하찮은 작자야 네가 우리들을 업신여기지 않았으면 이런 일이 왜 생겼겠느냐? 큰소리치지 말고 곱게 죽어라."

송헌과 위속은 여포를 배신하려고 계획을 세울 때부터 조조군에게 항복하려 했다. 그날로 여포를 끌고 조조군에게 갔다. 조조는 끌려온 여포를 살려둘까 잠시나마 고민했지만, 그동안 여포가 여러 주인을 배반한 것을 생각해보더니 결국 목을 베었다.

여포는 무예로써는 당대에 그 누구도 따라올 장수가 없었다. 모사였던 진궁도 지모라면 그 누구에게도 지지 않을 인물이었는데 하루아침에 모든 것을 잃고 죽고 말았다. 여포의 가장 큰 실수는 아랫사람에게 존경을 받지 못한 것이다. 대수롭지 않은 실수로 모진 매를 맞게 하였으니 그 어떤 부하가 미움을 품지 않을 수 있겠는가. 리더는 상과 벌이 분명해야 하고 공정해야 한다. 때로는 작은 실수는 눈감아주고 모른 척 할 줄도 알아야 한다. 역사적으로 보면 진짜 적은 외부에 있을 때보다 가까운 내부에 있던 적이 더 많았다. 조조는 분명 외부의 큰 적이었지만 진궁의 지모에 잘 따랐으면 이길 수도 있었다. 여포는 결국 내부의 작은 적 여럿으로 인해 목숨을 잃게 되었다. 삼국 중 가장 세력이 작았던 유비 진영에서는 모든 부하가 유비를 진심으로 흠모하고 존경하였다. 유비의 여러 장수들 중 관우, 장비, 조운의 의리는 오늘날까지 많은 사람들의 입에 오르내리고 마음을 울리며 많은 가르침을 주고 있다. 진짜 리더는 아랫사람에게 존경과 사랑을 받아야 한다. 리더가 무서워서 권위적이라 따르는 것은 결코 오래가지 못하고 반드시 배신자가 나오게 된다. 리더는 늘 가까운 사람들에게 더 많은 관심을 가져야 하고 그들이 원하는 것이 무엇인지 늘 살펴보아야 한다. 잘못한 일은 자신의 책임으로 돌리며 공을 부하들에게 모두 나누어야 한다. 잘되는 조직은 리더와 부하가 늘 한마음으로 정과 의리로 강하게 뭉쳐있다. 아무리 어렵고 힘든 일이 생기더라도 서로 믿고 의지하며 헤쳐 나간다. 리더는 늘 명심해야 한다. 절대로 내부든 외부든 많은 적을 만들어서는 안 된다. 큰 적 하나보다 작은 적 여럿이 더 무서운 것이다.

여포를 맞이하는 유비

여포는 여러 제후들에게 쫓기어 유비에게 의탁하러 온다. 그런 여포를 못마땅하게 여기는 관우와 장비에게 유비는 이렇게 말한다.

"내가 인의로 그를 대하면 그 사람도 결코 나를 저버리지 않을 것이다."

10

조조, 유비와 영웅을 논하다

서주성을 빼앗기고 어쩔 수 없이 조조에게 의탁한 유비는 자신의 야심을 숨기려 밭에서 농사일을 하며 순박한 농부처럼 지낸다. 어느 날 그런 모습을 지켜보던 장비가 한마디 한다.

"아니 형님, 지금 뭐하는 거유. 차라리 옛날처럼 돗자리를 짜시던가! 왜 안 하던걸 하슈."
"다 깊은 뜻이 있다. 너는 그냥 잠자코 가만히 있어라."
"아 진짜, 형님! 대의는 잊은 거유. 농사만 하려면 나 그냥 집에 가겠수."

유비는 어린아이처럼 기복이 심한 장비를 이해하며 사정을 얘기해주기로 한다.

"장비야, 실은 조조가 나를 의심하고 있어서 야망을 숨기기 위해 일부러 농사를 짓고 있는 것이다. 너도 이리 와서 농사 좀 거들어다오."

유비는 장비를 이해시킨 후 몇 달을 농사만 지었다. 그러던 어느 날 조조의 장수 허저가 찾아왔다.

"유장군, 주공께서 뵙자고 하십니다. 지금 바로 가시지요."

유비는 한동안 아무 말 없던 조조가 갑자기 부르자 그동안 야심을 숨기고 농사짓던 일들을 조조가 모두 알아차린 줄 알고 겁을 먹었다.

"조승상께서는 왜 저를 보자고 하시는지 아십니까?"
"모르겠습니다. 지금 주공께서는 정자에서 혼자 술을 드시고 계십니다."

조조는 작은 정자 위에서 혼자 술잔을 기울이고 앉아있었다.

"주공, 유장군 모셔왔습니다."
"하하 유장군 오랜만이오. 농사는 할 만 하시오?"

유비는 조조가 웃으면서 따뜻하게 맞이해주자 걱정하던 마음을 내려놓았다.

"아. 네 새싹들이 자라는 것을 보는 재미가 쏠쏠합니다."
"아무나 농사일을 하는 게 아닌데 여하튼 수고가 많으시오."

조조는 유비가 자리에 앉자 술을 따라주고 오랫동안 알고 지냈던 사이처럼 친근하게 여러 말을 건넨다. 유비는 자신의 상관이자 조정에 최고 권력자인 조조 앞이라 조심스럽게 대답하는데 갑자기 하늘에서 용 같은 구름이 치솟는다.

"아니, 유장군 저건 용이 아니오. 참 신기하구려. 공은 용에 대해서 잘 아시오?"
"용은 그저 환상 속에 존재하는 것이 아닐는지요."
"하하 용에 대해서 내 조금은 말할 수 있는데 알려드리겠소. 용이란 하늘 위로 크게 솟구치다 땅으로 들어가기를 반복하며 크기를 마음대로 하고 불을 뿜고 바다 속 깊은 곳에 숨어서 지내며 우주를 품을 만한 기상을 가졌다 하오. 참으로 영웅의 모습과 흡사하지 않소."
"듣고 보니 너무 놀랍고 신비하군요. 영웅의 모습과 같다는 승상, 말씀에 깊이 공감합니다."
"하하하, 유장군 공께서는 천하를 다니며 많은 제후들과 장수들을 만났는데 영웅 같은 사람을 만난 적이 있소이까?"

"제 식견으로는 영웅을 알아보기가 힘들지 않겠습니까?"

유비는 혹시라도 조조가 자신을 의심하면서 물어보는 것이 아닌지 조심스러웠고 역시 조조는 가는 눈초리로 자연스럽게 영웅론을 이야기하며 유비의 숨겨진 야심을 계속 떠보고 있었다.

"유장군 겸손이 지나치시오. 편하게 아무나 한번 말해보시오."

유비는 불편했지만, 조조의 계속된 물음을 피할 수도 없었다.

"하북의 원소 정도면 영웅이라 불러도 되지 않을는지요?"
"하하 원소는 아녀자처럼 변덕이 심하고 의심이 많아 모사들이 떠나는데 어찌 영웅이라 할 수 있겠소."
"그럼 원술은 어떨는지요? 군사도 많고 식량도 넉넉하니 영웅이라 할 수 있지 않겠습니까?"
"하하 원술은 분수도 모르고 날뛰는 어린 망아지 같은 자요. 조만간 내 손에 잡힐 것이오."

유비는 점점 자신에게 뭔가가 좁혀오는 듯한 느낌을 받고 아무나 얘기하는데

"유표, 유장, 장수 이 사람들을 영웅이라 부르는 사람들도 많

던데……."

"아니, 유장군 지금 농담하시오. 그런 썩어빠진 뼈다귀 같은
자들을 어디서 논하시오."

"그럼 저는 더 이상 아는 장수가 없습니다. 승상께서 아시는
영웅을 말씀해주시지요."

"영웅이란 용처럼 큰 기상으로 천하를 마음대로 누비며 가슴
에는 뜨거운 큰 뜻을 품고 천재적인 지략과 태산 같은 진중함
으로 부하를 이끌고 우주의 기를 온몸으로 가득 채워 천하의
큰 뜻을 호랑이처럼 포효하는 자요. 하하하"

조조는 크게 한 번 더 웃으며 술잔을 들이키고 난 후 잠시 뜸
을 들인 뒤 유비를 똑바로 쳐다보며 말한다.

"천하의 영웅은 오직 내 앞에 있는 현덕 그대와 나 조조가 있
을 뿐이오!"

유비는 조조의 말이 끝나자마자 모든 것이 끝났다고 체념했다.
조조가 자신을 이렇게까지 높이 여긴다면 더 이상 목숨을 부지하
기 힘들 거라 생각한 것이다. 그동안 농사일을 하며 농부처럼 철저
하게 자신의 야망을 숨겼다고 생각했는데 역시 조조의 매서운 눈
초리를 피할 수가 없었다. 그때였다. 하늘에서 갑자기 번쩍하며 번
개가 치고 천둥소리가 크게 울렸다. 이때다 싶어 유비는 젓가락을

떨어뜨리고 두손으로 머리를 감싸며 천둥소리에 매우 놀란 시늉을 했다.

"아. 우렛소리가 너무 커 놀랐습니다. 하늘이 무너지는 줄 알았습니다."

조조는 젓가락까지 떨어뜨리는 유비의 놀란 모습을 보며 의외라는 듯 고개를 갸우뚱한다.

"아니, 유장군. 어찌 천둥소리를 무서워하십니까? 하하하"

유비는 자신의 바보스러운 연기에 조조가 속아 넘어갔다는 것을 알고 계속 무서워하는 척 하였다. 조조도 유비의 모습을 지켜보며 이런 사람이 영웅일 리 없다고 생각해 마음을 놓고 크게 웃어버린다.

"하하하 내가 유장군을 잘못 보았구려. 영웅이 어찌 천둥소리에 놀란단 말이오."

유비는 속임이 성공하지 못했다면 결코 목숨을 부지하기 힘들었을 것이다. 유비는 조조와는 다른 영웅이었다. 조조는 자신이 영웅이라 믿고 당당하게 사람들에게 알리는 사람이었고 유비는 자신이 영웅이란 것을 철저하게 숨기면서 살았다. 세상에는 조조처럼 자신의 야망을 알려 자신 스스로 대단한 사람이라고 여기고 다른 사람들도 그렇게 믿도록 하여 함께 앞으로 나아가는 사람도 있고 유비처럼 큰 야망을 자신의 마음속에만 간직하고 아무도 모르게 하여 때가 될 때까지 숨기면서 한 사람 한 사람의 뜻을 모아 천천히 가기도 한다. 무엇이 정답이라 할 수 없다. 각자 사람마다 자신의 가치관과 성격이 다르기 때문이다. 중요한 것은 조조와 유비 모두 자신이 영웅이란 것을 믿었다는 것이다. 영웅이 영웅을 알아본다고 조조도 유비를 알아보았고 유비도 조조를 영웅처럼 생각하였다. 조조는 젊은 시절 역적 동탁을 암살하려는 영웅적인 행동을 하였고 비록 암살에 실패했지만, 전국 각지에서 조조의 의협심에 크게 감동한 사람들에게 영웅으로 불리게 되었다. 유비는 어린 시절 동네 아이들과 칼싸움을 하면서 늘 자신이 크면 천자가 되겠다는 영웅의 야망을 드러냈고 젊은 시절 황건적을 무찌르며 말은 하지 않았지만 따르는 관우, 장비를 비롯해 많은 장수들이 영웅으로 모시며 충성하였다. 영웅을 꿈꾸면 영웅이 된다. 영웅의 꿈을 가진 사람만이 영웅이 된다. 꿈은 이룰 수 있는 사람이 꾼다는 말이 있다. 내가 무언가를 이루고 싶다는 것은 그것을 이룰 수 있는 가능성이 있기 때문에 꿈꾸는 것이다. 맹자의 제자 중한 사람이 맹자에게 이런 질문을 했다.

"맹자 선생님 순임금이 되고 싶은데 순임금이 되려면 어떻게 해야 하나요?"

순임금은 중국에서 가장 추앙하는 고대임금이다. 공자는 순임금의 덕을 배워 모든 사람이 살아야 한다고 말씀하셨다. 공자의 사상을 이어받은 맹자도 순임금의 가르침과 리더십을 제자들에게 전해주었다. 맹자는 그렇게 높고 위대한 순임금이 되고 싶다는 제자에게 이렇게 말해주었다.

"순임금이 되고 싶으면 순임금처럼 말하고 행동하고 순임금처럼 똑같이 옷을 입고 다녀라. 그럼 너는 순임금이 된다."

진리는 정말 단순한 것이다. 맹자는 너무나 쉽게 위인이 될 수 있는 방법을 알려주었다. 마찬가지로 영웅이 되려면 영웅처럼 꿈꾸고 영웅처럼 말하고 행동하면 누구나 영웅이 될 수 있는 것이다. 조조의 큰 도량과 지혜를 배우고 유비의 인의예지와 마음을 사로잡는 법을 배워서 영웅처럼 멋지게 사는 것을 꿈꿔보자. 설령 영웅이 되지 못하더라도 영웅 가까이에 다가설 수 있을 것이다.

11

의리에 화신 관우와 큰 도량의 리더 조조

조조는 대군을 이끌고 유비가 지키고 있는 서주성으로 향한다. 유비는 원소에게 지원을 부탁하지만 거절당하고 어찌할 바를 모르는데 장비가 계책을 내었다.

"형님, 걱정하지 마슈 조조는 멀리서 왔기 때문에 몹시 지쳐있을 테니 내 오늘 밤에 급습해서 모두 쳐부수겠소."

유비는 별다른 계책이 없는 터라 일단 장비가 말 한대로 따르기로 하고 군사를 이끌고 나갔다. 하지만 조조의 모사 중에 순욱이 밤하늘을 한참 바라보더니 달빛이 점점 희미해지고 어두워지자 조조를 찾아가서 자신의 계책을 고한다.

"승상, 오늘 밤은 적이 야습하기에 매우 좋습니다. 유비가 저희 진채를 급습할 거라 판단되니 대책을 세워야겠습니다."

조조는 먼 길을 와 피로하여 막사에서 편히 쉬고 있다가 순욱의 얘기를 듣고 잠시 고민하다 무언가 좋은 계책이 생각났는지 휘하 장수들을 모두 불러 모았다.

"오늘밤 유비의 군사들이 올 것이다. 진채 주변에 모두 매복하여 대비하고 진채 안에 화톳불을 더 늘려라."

조조는 군사들이 진 채에서 모두 쉬고 있는 것처럼 거짓으로 꾸미면서 진채 주위에 팔면으로 매복시켰다. 한편 조조의 진채에 다다른 유비와 장비는 자신들의 생각대로 조조군이 쉬고 있다고 판단하여 그대로 조조군의 진 채를 향해 달려들었다. 장비가 앞장서서 먼저 진채로 들어가는데 병졸 몇 명밖에 보이지 않자 느낌이 좋지 않았다.

"이놈들아! 다 어디 숨었느냐? 장비님이 오셨다. 모두 나와 내 칼을 받아라!"

장비는 조조군의 진채를 여기저기 둘러보다 드디어 적의 계략에 빠진 것을 알아챘다.

"으.. 당했구나. 모두 진채를 빠져나가라 적의 속임수다. 어서 유비 형님께 알려라!"

뒤늦게 서둘러 진채를 빠져나가려고 하는데 그때 조조의 장수들이 여기저기서 나타났다. 장비의 병사들은 갑작스런 적의 공격에 혼비백산하여 도망치기 바빴고 조조군은 도망치는 장비의 병사들을 무참히 말발굽으로 짓 밟고 칼로 베면서 나아갔다. 유비는 적의 계략에 빠진 것을 알고 도망치려 했지만 이미 조조의 장수들에게 사방으로 포위되었다.

"아, 내가 어리석어 조조의 계책에 빠져들었구나! 오늘이 마지막 날이 되겠구나."

유비는 어떻게든 살려고 이리저리 조조군의 병사들을 베면서 도망치는데 조조의 맹장 하후돈이 앞을 막았다.

"유비 어딜 가느냐! 승상께서 주신 은혜를 저버리고 살기를 바라느냐."

하후돈은 홀로 있는 유비를 사로잡기 위해 다가가는데 갑자기 옆에서 장비가 큰 고함을 치면서 나타났다.

"멈춰라! 내가 상대해주마. 네놈이 어디서 감히 우리 형님을 헤치려 드느냐."

무섭게 덤벼드는 장비의 한 창을 막아낸 하후돈이 뒤로 빠지는 틈에 유비는 살게 되었다. 장비는 하후돈을 상대하면서 유비에게 크게 소리친다.

　　"형님! 어서 빠져 나가슈 여기는 내가 막고 있겠수다."

　　유비는 자신이 그 자리에 있어 봐야 물리칠 수도 없겠다 생각하여 뒤도 돌아보지 않고 말을 타고 그대로 내달렸다. 장비의 도움으로 간신히 혼자 빠져나와 어디로 갈지 생각하다 그래도 원소가 자신을 높이 여겨준다고 생각하여 원소가 있는 기주성으로 들어갔다.

　　한편 장비는 하후돈을 상대로 백 여합을 겨루다 다른 장수들이 몰려오자 한 창을 크게 휘젓고 나서 바로 도망친다. 그때 장비의 군사는 열에 여덟이 죽거나 포로가 되었다. 얼마 남지 않은 군사들을 이끌고 망탕산으로 들어가 버리고 유비의 생사도 전혀 알지 못하게 되었다. 그동안 서주성에서 유비의 가솔들을 지키고 있던 관우는 뒤늦게 유비와 장비가 패하였다는 이야기를 듣고 그대로 말에 올라 병사를 이끌고 조조군을 향해 달려 나갔다. 하지만 조조의 대군을 상대로 관우는 상대가 되지 않았다. 의기로 나섰지만 이내 힘들 거라 여기고 그대로 잠시 산에 피해있는데 조조가 결국 서주성을 함락시켰다는 소식을 듣는다.

"아! 형님의 가솔들이 모두 서주성에 있는데 내 죽더라도 반드시 다시 내려가리라."

관우는 얼마 되지 않은 군사들을 이끌고 서주성을 들어가려 하는데 조조군의 쏟아지는 화살비 때문에 접근하기가 어려웠다.

"조조, 어서 나오거라! 계집아이처럼 화살만 계속 쏠 것이냐?"

조조는 성 위에서 가만히 관우를 지켜보다 옆에 있던 모사 순욱에게 말한다.

"관우가 참으로 용맹하구나. 저런 사람이 내 휘하에 있으면 걱정이 없겠구나!"
"승상, 관우가 예전에 장요를 구해준 적이 있는데 그를 보내 달래보시면 어떠시겠습니까?"
"음, 그래. 장요를 불러오라."

조조의 부름에 달려온 장요는 관우를 설득하여 데려오라는 얘길 듣는다.

"제가 반드시 관우를 데려오도록 하겠습니다."

장요는 예전 여포의 장수였다가 조조에게 모두 사로잡혔을 때 관우가 조조에게 부탁하여 죽음을 면하게 된 사람인지라 관우에 대한 마음이 매우 각별하였다. 어떻게든 관우를 살리고 싶다는 마음으로 성문을 나갔다.

"관공, 저를 알아보시겠습니까?"

관우는 드디어 성에서 나온 장수와 제대로 한 싸움 하겠거니 생각했는데 상대방의 은근한 물음에 매서운 창을 아래로 향하였다. 누군가 보려고 천천히 다가가는데 낯이 익은 얼굴이었다.

"자네는 장요 아닌가? 자네가 내 청룡도를 받으려고 나온 것인가?"
"관공, 저는 싸우러 나온 것이 아닙니다. 관공께서 지난날 저를 구해주셨기에 도움을 드리려 나왔습니다."
"자네는 조조의 장수인데 어찌 나에게 도움을 줄 수 있겠는가?"
"승상께서는 관공과 싸움을 원하지 않으십니다. 유비의 가솔들도 모두 잘 보호하고 있습니다. 관공의 의형제인 유비와 장비는 지금 죽었는지 살았는지도 모르는 터에 관공께서 홀로 어찌할 수 있겠습니까? 일단 조조군에 잠시 머무시어 유비의 가솔들을 맡아주시면 어떠시겠습니까?"

"지금 장요는 나에게 항복을 권하는 것인가? 나는 목숨이 두렵지 않다 죽더라도 결코 항복은 하지 않는다."

"관공, 조조에게 항복하는 것이 아니라 한나라 천자에게 항복하는 것이라 생각하시면 되지 않겠습니까?"

관우는 장요의 얘기를 듣고 나니 현재 자신의 처지에서 조조를 이길 수도 없고 조조가 아닌 한나라에 항복하는 거라 하니 자부심에 크게 해가 되지도 않을뿐더러 유비의 가솔들을 생각해 마음이 서서히 움직였다.

"그럼 조조에게 전하라! 내가 비록 조조에게 가지만 후에 유비 형님이 어디 계신지 아는 날에는 그 즉시 떠날 것이다!"

장요는 관우의 이야기를 듣고 조조에게 찾아가 그대로 전하였다. 조조는 관우가 자신에게 항복하는 것이 아니라 한나라에 항복한다는 것은 쉽게 받아들였지만, 유비가 있는 곳을 알면 떠나겠다는 것에는 쉽게 동의할 수가 없었다. 관우를 자기 사람으로 만들려고 하는데 어차피 떠난다면 받아들일 이유가 없다고 생각한 것이다. 그렇게 한참을 고심하던 중 장요를 부른다.

"장요, 지금 바로 관공에게 가서 원하는 것을 다 들어주겠다고 하여라."

조조는 일단 관우를 자신에게 데려오는 것이 중요하다고 생각했다. 자신이 정성을 다해 잘 대해주면 관우를 자신의 사람으로 만들 수 있다고 믿은 것이다. 관우는 장요를 만나 함께 조조를 찾아갔다. 항복한 장수처럼 비굴한 모습은 전혀 찾아볼 수 없었고 조조 또한 적장을 대하는 것이 아니라 마치 스승을 대하듯 높이 대하였다.

"관공을 이렇게 뵈니 이 조조에게 큰 영광입니다. 잠시나마 제 군중에서 편히 쉬시다 가시기 바랍니다."

조조는 그날로 크게 연회를 만들어 관우에게 극진히 대접하였다. 관우는 뜻하지 않은 조조의 환대에 진심으로 감사를 표현하였다.

"승상께서 이처럼 두텁게 대해주시니 반드시 이 은혜를 갚도록 하겠습니다."

조조는 하루가 멀다고 연회에 관우를 초대하여 여러 장수들과 함께 극진히 관우를 대하였다. 어떻게 해서든 유비에 대한 마음을 자신에게 옮기려고 관우에게 미녀 열 명을 보내주기도 하고 비단옷과 황금을 선물하기도 하였다. 그러나 관우는 미녀 열 명은 유비의 부인에게 모두 보내 시중들게 하였고 비단과 황금은 창고에

넣고 한 번도 꺼내지 않았다. 관우는 매일 밤늦도록 춘추를 소리 내어 읽으면서 그 누구를 대할 때든 흐트러짐이 없었다. 조조는 그런 모습에 관우를 더 흠모하게 되었고 어느 날은 자신이 가장 아끼는 말을 선물해 주었다.

> "관공, 내 작은 선물을 하나 받아주시오. 장요, 어서 가서 관공께 드릴 말 한 필을 끌고 와라."

잠시 후 장요의 손에 이끌린 말이 오는데 온몸이 불처럼 시뻘겋고 보통 말보다 크기가 두 배가 되는 데 엄청난 힘이 느껴지는 말이었다.

> "아니 승상, 이 말은 여포가 타던 적토마 아닙니까? 이렇게 귀한 선물을 주시니 몸 둘 바를 모르겠습니다."

관우는 크게 기뻐하면서 조조 앞에 엎드려 절을 하면서 감사함을 표현하였다.

> "관공, 전에 열 명의 미녀를 보내줄 때보다 어찌 더 기뻐하시오. 하하하."

조조는 이렇게까지 감사한 표현을 본 적이 없어서 약간 놀리는 듯하게 물었다.

"승상, 적토마는 하루에 천 리를 간다고 하는데 유비 형님이
계시는 곳에 하루면 도착하지 않겠습니까?"

조조는 그 말을 듣고 표정이 좋지 않았다. 자신은 어떻게 해서
든 마음을 돌리려고 선물해 준 것인데 관우가 유비에게 가려고 그
처럼 기뻐했다는 것에 크게 실망하였다. 적토마를 타고 나가는 관
우를 보면서 씁쓸한 표정으로 한마디 하였다.

"아! 관공은 내가 잡아둘 수 없는 사람이구나."

그러던 어느 날 조조가 원소와 일전을 벌이게 되었다. 원소는
두 용장 안량과 문추를 앞세워 조조군을 무참히 짚 밟으며 계속
조조를 위협하였다. 조조의 장수들이 용감히 나가 싸우지만 계속
패배하였다. 그 소식을 들은 관우는 조조에게 받은 은혜를 갚을
때가 왔다고 생각하여 자신의 출전을 허락해 달라고 하는데 조조
는 관우가 공을 세우면 은혜를 갚았다 하여 자신을 떠나 유비에게
갈 거라 여겨 허락하지 않았다. 그렇게 계속 원소와 대치중에 아끼
는 장수들이 연이어 패하자 더는 안 되겠다 싶어 결국 관우를 출
전하게 하고 관우는 적토마를 타고 청룡언월도를 휘두르며 용감히
홀로 돌진하여 원소의 두 맹장 안량과 문추의 목을 베어버린다. 조

조는 관우의 무공에 크게 감탄하여 관우에게 큰 상을 내렸다.

"관공은 참으로 하늘이 내린 사람이외다!"

관우는 나름대로 조조에게 그동안 받은 은혜를 충분히 갚았다 생각하고 서서히 조조 곁을 떠나려 준비하였다. 남몰래 시킨 사람에게서 유비가 원소에게 있다는 이야기를 듣고 그 길로 유비의 부인과 가솔들을 데리고 함께 떠났다. 관우가 떠났다는 소식을 들은 장수들은 조조에게 찾아와 보고하고 자신들이 관우를 잡아오겠다고 하는데 조조는 허락하지 않는다.

"내 이전에 관공과 굳게 약조하였다. 이제 그가 그 약조대로 떠난 것인데 어찌 붙잡을 수 있겠느냐."

조조는 관우가 지나가는 관문마다 명하여 관우를 보내주게 하였다. 도중에 조조의 명을 따르지 않는 부하 장수들이 관공의 길을 막아 목이 달아났는데도 불구하고 조조는 관우를 쉽게 보내주었다. 조조는 자신이 그토록 따뜻하게 대했는데도 불구하고 떠난 관우에게 섭섭한 마음이 있었지만 자신의 부하들 앞에서 관공을 다시 높이 여겼다.

"너희들은 관공의 의리를 보고 잘 배우도록 하라!"

관우는 조조의 큰 배려와 넓은 도량에 힘입어 결국 유비를 다시 만날 수 있었다. 조조가 아무리 이기적인 영웅이라고 하지만 이러한 모습은 모든 사람들이 배워야 한다. 범인들이 쉽게 할 수 없는 행동을 하는 사람을 영웅이라 불리는데 조조가 관우와 잠시 지냈던 때는 참으로 그 어떤 영웅 못지않은 큰 도량을 보여주었다. 조조의 큰 장점 중 하나는 자신이 뱉은 말은 반드시 지킨다는 것이다. 처음에는 어떻게든 관우의 마음을 사로잡으려고 임시변통으로 항복시켰지만 후에 유비를 대신할 수 없음을 인정하였다. 관우가 떠날 때는 모사들과 장수들이 모두 반대하는데도 불구하고 분명 자신에게 불리하게 될 줄 알면서도 관우를 유비에게 보내주었다.

관우는 기껏해야 남의 밑에서 객장으로 있는 아무것도 가진 것이 없는 유비를 만나러 죽음을 무릅쓰고 찾아가는데 범인들은 이해할 수도 없고, 이해한다고 해도 행동할 수 없는 행동을 하였다. 삼국지에 나오는 관우에 관련한 일화 중 가장 관우다운 모습을 보여주었다. 의리에 있어서는 그를 따라올 인물이 없다. 관우는 의리에 있어서는 살아있는 화신과도 같았다. 관우의 인품과 유비를 향한 의리에 적인 조조마저 반하게 만들었다. 의리 있는 사람은 모든 사람들이 좋아한다. 의리를 싫어하는 사람은 이 세상에 단 한 명도 없을 것이다. 요즘처럼 어떻게든 서로를 이용하고 계산적으로 행동하려고 하는 세상에서 관우와 조조는 우리들에게 큰 가르침을 주고 있다.

서서 유비를 시험하다

유표 밑에서 객장을 하면서 유비는 자신에게 장수만 있고 지략을 세워줄 모사가 없는 것을 늘 안타까워했다. 그러던 어느 날 학식이 높고 뛰어난 사마휘 수경선생을 통해 서서라는 사람을 만나게 되는데 서서는 유비가 자신이 평생을 따라야할 주군의 자격이 있는지 시험을 해본다. 유비는 어느 날 적로마를 얻어서 타고 다녔는데 서서가 이렇게 말한다.

"장군 적로마는 사람을 헤치는 말입니다. 하지만 피할 수 있는 방법이 하나 있는데 다른 사람에게 적로마를 주어 그 사람이 죽은 다음에 타시게 되면 화를 면할 수 있습니다."

"나 유비는 그렇게 살아오지 않았습니다. 내가 죽으면 죽었지 절대 그리하지는 않을 것이오."

12

조조, 원소와 내통한 부하들의 편지를 불사르다

공손찬을 격파한 원소는 칠십만 대군을 이끌고 어릴 적 친구였던 조조를 치러 떠난다. 조조의 군사는 이때 7만 밖에 되지 않았다. 조조는 관도에 진을 치고 원소의 대군을 상대로 여러 책략을 사용해 힘겹게 버티고 있었다. 하루하루 군량이 떨어져 가는데 원소의 모사였던 허유가 조조에게 귀순하여 원소군의 중요한 정보를 알려준다.

> "원소의 군량은 모두 오소에 쌓여 있습니다. 순우경이란 장수가 지키고 있는데 그는 술을 좋아하여 매일 술에 빠져 있습니다. 지금 쳐들어가서 군량을 모두 불태우면 반드시 이길 수 있습니다."

조조는 허유의 말을 믿고 장수들을 오소에 보냈는데 역시나 순우경은 부하 장수들과 질탕한 술자리를 벌이고 있었다. 조조군은 오소에 있는 군량을 모두 불태우고 순우경을 손쉽게 잡았다. 끌려온 순우경을 보며 조조가 말했다.

"너처럼 형편없는 놈이 장수라니 너를 내 손으로 죽일 수도 있지만 너는 원소의 손에 죽어야할 놈이다. 저놈을 묶어 원소에게 보내거라."

원소에게는 너무나 소중한 군량이 모두 사라졌으니 그의 분노는 하늘을 찔렀다. 조조가 보낸 순우경은 결국 조조가 말 한대로 원소의 손에 목이 베이게 된다.

원소군은 이때부터 서서히 무너지고 가장 용맹한 장수 장합과 고람도 조조군에게 투항한다.

조조가 가장 신임하는 하후돈은 장합과 고람이 거짓으로 항복한 것이라 여겼다.

"장합과 고람이 진정으로 항복한 것인지 거짓인지 알 수 없습니다."

그러나 조조는 웃으며 말했다.

"주인이 올바르지 못하면 언제든 떠날 수 있다. 딴마음을 품었더라도 내가 진심으로 대해주면 달라질 것이다."

조조는 장합과 고람을 믿고 오랫동안 함께한 장수들과 마찬가지로 잘 대해주었다.

조조의 바람대로 장합과 고람은 은혜를 갚으려 한 때 자신의 주군이었던 원소를 치러 선봉에 나섰다.

원소는 쓸 만한 장수도 없고 군량도 바닥이나 사기가 크게 떨어져 조조군과 싸울 때마다 군사가 절반씩 사라졌다. 조조보다 열 배나 많은 군사를 가졌지만 의심이 많아 모사의 계책을 받아들이지 않았고 덕이 없어 용맹한 장수들이 모두 조조에게 투항해 결국 대패하였다. 뿔뿔이 흩어진 군사들 속에서 원소는 혼비백산하며 한목숨 구해 달아나기 바빴다. 도망가면서 수레에 싣고 있던 금은 비단과 중요한 문서들을 모두 버렸다. 원소를 쫓던 조조의 군사들은 원소가 버리고 간 것들을 모두 거두었다.

조조는 원소가 버리고 간 금은보화와 비단을 모두 장수들에게 나누어 주었다. 그리고 남은 서책과 문서들을 살피는데 편지 한 묶음을 발견하였다. 편지의 내용은 조조의 대신과 장수들이 원소와 내통하여 중요한 정보를 전해주고 조조를 배신할 테니 자신들을 받아달라는 것이었다.

조조에게는 너무나 충격적인 내용이었다. 곁에 있던 하후돈과 여러 장수들이 크게 분노하였다.

"주군, 이자들의 이름을 모두 밝혀내 죽이셔야 합니다. 도저히 용서할 수 없는 자들입니다."

가만히 눈을 감고 한참을 생각하던 조조는 빙긋 웃으며 말한다.

"아니다. 이 편지들을 모두 불 태워버려라! 그들을 모두 용서할 것이다. 원소는 칠십만 대군을 이끌고 왔다. 솔직히 나도 우리가 이길 것이라 생각하지 못했다. 내 마음도 그러했는데 어찌 다른 사람들도 그런 생각을 하지 않았겠느냐?"

조조는 범인들이 상상할 수 없는 큰 도량을 보여주었다. 너무나도 휘황찬란한 영웅의 모습이었다. 용서한다는 것이 쉬운 일은 아니지만 용서하지 않고 분노하고 미워하는 것도 쉬운 일이 아니다. 용서는 상대방을 위해서가 아니라 나 자신을 위해서 해야 한다. 역지사지로 상대방이 왜 그런 행동을 했을까? 깊이 생각하면 충분히 이해할 수 있다. 완벽한 사람은 존재하지 않는다. 사람이기 때문에 실수하는 것이다. 조조처럼 내가 그러한 상황에 처해 있다고 가정을 하여야 한다. 아끼던 사람이 나를 떠나려 할 때는 사실 떠나는 사람보다 나의 잘못이 더 크다는 것을 알아야 한다. 내가 사람을 제대로 보지 못하고 함께 한 것이고 내가 부족하기 때문에 떠나는 것이다. 모든 원인을 상대방에게서만 찾지 말고 나를 돌아봐야 한다. 그러면 조조처럼 아름다운 관용의 정신을 배울 수 있다. 모든 것을 품을 수 있는 최고의 경지가 관용이다. 역사적으로 위대한 인물들은 모두 큰 도량과 빛나는 관용을 보여주었다. 관용의 의식 수준을 높여 나가야 한다. 작은 일부터 하나씩 이해하고 용서하다 보면 나중에 큰일도 용서할 수 있게 된다.

상대의 의식 수준과 가치관이 나와 다르기 때문에 행동도 다를 수 있다. 그 사람의 처지가 그러니 그럴 수 있겠구나라고 생각해야 한다. 진정한 관용은 바다처럼 어떤 물도 가리지 않고 받아들이고 천하를 품으며 원망과 분노를 담아두지 않는다. 관용의 마음은 나 자신을 더욱 성장시키고 아름답고 멋지게 변화시킨다. 따뜻한 햇살처럼 상대의 닫혀있던 마음을 열고 부드러운 바람처럼 나의 마음으로 들어오게 만든다.

불가능한 것을 이루려면

가능한 것부터 하라

13

유비 삼고초려 하여 제갈공명을 얻는다

유비의 첫 번째 모사였던 서서가 조조의 계책으로 어쩔 수 없이 떠나게 되었다. 유비는 떠나가는 서서를 어떻게 해서든 붙잡고 싶었지만, 조조가 서서의 어머니를 인질로 붙잡고 있어서 잡을 수가 없었다.

> "싸움밖에 할 줄 모르는 동생들과 함께 지내다 이제야 지혜를 주시는 선생을 만나 뵙게 되어 기뻐하였는데 앞으로 이 미련한 비가 어찌해야 할지 앞이 캄캄합니다."

헤어지는 곳에서 눈물을 흘리며 진심으로 마음을 보여주는 유비에게 서서는 함께 울다가 무언가 생각났다는 듯이 유비를 바라보았다.

> "주공, 너무 근심하지 마십시오. 저는 비록 떠나지만, 저보다

더 훌륭하신 분을 천거해 드리겠습니다."

"아니, 서서 선생보다 더 지혜로운 사람이 또 있단 말이오?"

유비는 서서의 말을 듣자 걱정스러워하던 표정에서 희망에 찬 놀라운 표정으로 바뀌어 그를 바라보았다.

"제가 반딧불이라면 그분은 보름달처럼 환한 빛을 주공께 드릴 것입니다."

"그렇게 훌륭한 분을 천거해 주신다니 이 은혜는 절대 잊지 않겠습니다. 지금 그분은 어디에 계십니까?"

"양양성 밖 이십 리쯤 되는 곳에 융중이란 마을이 있습니다. 그곳에 와룡강이란 언덕이 있는데 그 언덕 아래에 살고 계십니다."

"그분의 존함은 어떻게 되시는지요?"

"그분의 성은 제갈이고 이름은 양 자는 공명입니다. 어려서부터 병법을 좋아하여 모르는 병법이 없으시고 여러 석학들과 오랫동안 교류하여 학식도 풍부하신 분입니다. 하루빨리 만나시어 대업을 꼭 이루시기 바랍니다. 그럼 저는 이만 가보겠습니다."

서서는 유비에게 제갈공명을 천거해 주어 마음이 한결 홀가분해졌고 유비 또한 비록 유일한 모사였던 서서가 떠나 안타까웠지만, 서서가 그토록 높이 여기는 사람을 천거 받아 마음이 기뻤다. 다음날 유비는 공명을 만나기 전 몸가짐을 바르게 하려고 목욕재계를 하였다. 그런 후 관우와 장비를 불러 공명을 찾아가자고 하였는데 장비는 대뜸 이렇게 받아쳤다.

> "형님, 우리가 그 먼 곳까지 갈 필요가 있습니까? 그냥 병졸 몇 명 붙여서 이리로 오게하슈."
> "큰 선생님을 모시려고 하는데 우리가 직접 찾아뵙는 것이 예의다. 넌 가기 싫으면 그냥 남아라."

장비는 괜히 한소리 했다가 면박만 당해 부끄러웠지만 이내 아무 말 없이 유비를 따라나선다. 관우는 유비가 이렇게 하는 것이 도리에 맞는다고 생각하였다. 삼 형제는 몇 날 며칠을 수소문한 끝에 와룡강 언덕 아래 공명의 집에 이르렀다. 유비는 말에서 내려 몸소 사립문을 두드렸다. 잠시 후 어린아이가 나와 물었다.

> "어디서 오신 분이신가요?"
> "나는 유비라고 한다. 공명 선생님을 뵙고자 왔는데. 계시느냐?"
> "선생님께서는 아침 일찍 나가셨습니다."
> "어디로 가셨느냐?"
> "모르겠습니다. 한번 나가시면 사나흘 걸려야 오실 때도 있고

많게는 보름 넘게 있다가 들어오실 때도 있습니다."

유비는 아이의 말을 듣고 어떻게 해야 할지 잠시 생각에 빠졌다. 옆에서 장비는 출발할 때부터 표정이 불편했는데 이제는 대놓고 불평하는 소리를 해대고 있었다.

"형님, 그냥 갑시다. 나중에 병졸 시켜서 우리가 왔었는데 못봤으니 직접 찾아오라고 하면 되지 않수."
"아우들 혹시 금방 오실지도 모르니 좀 더 기다려 보세."
"예 형님, 그렇게 하시지요."

관우는 유비에 말에 응하고 투덜대는 장비를 다독이면서 기다리기로 하였다. 그렇게 두 시진이 지나도 아무런 기별이 없자 이번에는 관우가 먼저 말을 꺼내었다.

"형님, 아무래도 오늘은 돌아가는 게 좋을 거 같습니다. 후에 사람을 보내 알아본 뒤 다시 오도록 하시지요."

관우까지 그렇게 나오니 유비도 더 이상 기다릴 수 없어 그날은 그렇게 힘없이 삼 형제가 다시 몇 날 며칠을 걸려 되돌아갔다.
한 달이 지난 후 미리 보냈던 병졸들에게 공명이 집에 왔다는 이야기를 듣고 유비는 다시 목욕재계를 한 후 떠나려고 준비를 하였다. 때는 벌써 한겨울이라 날씨가 매우 추웠다. 눈발이 서서히 날리더니 점점 더 거세지고 있었다. 장비가 먼저 유비를 찾아왔다.

"형님, 이런 날씨에 어떻게 간다고 이러슈. 몇 달 뒤에 날 좀 풀리면 그때 갑시다."

"장비야, 지금 백성들이 도탄에 빠져 굶주리며 고생하는데 어찌 내 한 몸 편할 것을 생각하느냐? 하루빨리 대현을 만나 뵙고 지혜를 구해 나라를 평안히 해야 하지 않겠느냐? 전에도 얘기했지만, 너희들이 안 가도 나는 혼자라도 갈 것이다."

유비의 결심이 너무 굳세어 또다시 관우와 장비는 눈발이 휘날리고 바람이 부는 날에 말을 타고 와룡강을 향해 출발하였다. 두 번째 가는 길은 더욱더 멀고 길게 느껴졌다. 힘들게 공명의 집 앞에 도착한 후 공명을 찾은 유비는 집 안에 있는 사람을 발견하고 매우 기뻐하며 들어갔다.

"공명 선생님 유비라고 합니다. 전에 한 번 찾아온 적이 있는데 바쁘신걸. 모르고 찾아와 못 뵈어 오늘 다시 왔는데 드디어 뵙게 되었습니다."

유비는 한없이 공손하게 두 손을 모아 절하며 인사를 했다. 그러나 유비의 인사를 받은 사람은 공명이 아니었다.

"아, 저는 공명 선생이 아닙니다. 저는 그분의 아우 제갈 균이라고 합니다. 지금 형님은 집에 계시지 않습니다."

"아 네, 그러시군요. 그럼 공명 선생님은 어디에 계시는지요?"

"어제 지인 분을 만나러 가신다 하고 나가셨는데 언제 돌아오실지 알 수가 없습니다."

유비는 제갈 균의 말을 듣고 나서 아우들과 함께 힘없이 말에 올랐다.

"공명 선생님께서 돌아오시면 유비가 찾아왔었다고 꼭 전해주십시오."

두 번째 와룡선생을 찾아 떠난 길도 얻은 것 하나 없이 돌아왔다고 생각한 장비는 공명에 대해 매우 불쾌하게 생각하였다. 분명 자신들이 왔다는 것을 알고 있으면서도 제 발로 찾아오지 않았다고 생각한 것이다. 하지만 유비는 실망감보다는 자신이 두 번이나 찾아갔다는 것을 제갈공명이 알고 분명 자신의 정성을 알아주었을 거라 믿으며 긍정적으로 받아들였다. 그렇게 또 한 달여가 지난 후 유비는 삼 형제를 이끌고 다시 와룡강으로 떠났다. 세 번째 삼고초려였다. 이번에는 관우마저도 표정이 밝지 않았다. 자신이 높이 받드는 주공을 공명이 무시한다고 여겼기 때문이다. 그런 관우와 장비를 설득하여 어렵게 공명의 집에 도착하였다.

"공명 선생님 계시느냐?"

어린아이가 나왔는데 이번에는 표정이 밝았다.

"네. 지금 안채에서 주무시고 계십니다."
유비는 드디어 만난다는 생각에 기쁜 발걸음으로 안으로 들어
갔다. 아이가 공명을 깨우려고 들어가려 하는데 유비가 손을 들
어 제지하였다.

"그대로 주무시게 두어라. 일어나실 때까지 여기서 기다리마."

유비는 공명이 일어날 때까지 기다리기로 하였는데 두 형제는
매우 못마땅하게 여겼다. 반나절이 지나도록 공명은 일어나질 않
았다.

"형님, 내가 가서 엉덩이를 걷어차 주고 오겠수. 뭔 잠을 이렇
게 오래 잔단 말이우. 우리가 온 것을 뻔히 다 아는데도 일부
러 잠든 체하는 거 같수."

장비는 씩씩거리며 벌떡 일어나 당장이라도 공명을 깨우려고

하였다.

"이 녀석아, 니가 큰일을 망치려고 하느냐? 그 입 닥치지 못하
겠느냐!"

그렇게 장비를 말리면서 두 시진이 지나자 아이가 찾아왔다.

"선생님께서 지금 일어나셨습니다. 함께 들어가시지요."

유비는 기쁜 마음에 두 형제들을 마당에 남기고 아이와 함께
공명이 기다리는 방으로 들어갔다. 유비는 공명을 보자마자 큰절
을 하고 엎드려 인사한 후 자신이 찾아온 이유를 말하였다.

"지금 한나라는 역적들로 인해 무너졌습니다. 백성들은 도탄
에 빠져 하루를 버틸 힘마저 남아있지 않습니다. 이 비는 공
명 선생님 같은 지혜로운 분을 모시어 역적을 토벌하고 쓰러
진 한나라를 다시 세워 백성들을 편히 살게 해주고 싶습니다.
이 비가 비록 가진 것도 없고 재주도 없지만, 부디 저와 함께
해주신다면 이 은혜는 죽을 때까지 잊지 않겠습니다."

유비는 자신의 나이보다 한참 어린 공명에게 진심으로 큰 선생
님을 대하듯 공손하게 말하였다. 공명은 유비가 세 번이나 자신을

찾아와 준 것을 매우 높이 여기고 가슴 깊이 크게 감동하였다. 공명은 처음에는 유비를 따라나설 마음이 전혀 없었는데 유비의 계속된 정성과 진심으로 자신을 대하는 모습을 보고 결국 와룡강을 떠나게 되었다.

그 이후 공명은 한나라를 위해 유비를 위해 온 힘을 기울여 신출귀몰한 계책을 내어 삼국 중 하나인 촉나라를 세우는데 일등공신이 되었다. 삼국지에서 가장 아름답고 멋진 장면 중 하나가 바로 유비가 공명을 얻기 위해 삼고초려 했던 이 장면이다.

유비의 성격을 가장 잘 표현하고 있고 사람을 설득시키는 가장 무서운 힘이 바로 정성이라는 것을 잘 알려주고 있다. 정성의 힘만큼 무서운 힘은 없다. 사람이 짐승과 다른 가장 큰 것 중의 하나는 바로 진실된 마음을 알아준다는 것이고 그 진실된 마음이 꾸준히 계속 전해지면 아무리 차가운 마음을 가진 사람도 설령 악인일지라도 결국 알아주어 마음이 열리게 된다.

정성된 마음에 있어서 가장 중요한 것은 유비처럼 한결같이 변하지 않는 마음을 갖는 것이다. 와룡에서 돌아온 유비는 스물일곱밖에 되지 않은 제갈공명을 스승처럼 대하면서 밥을 먹을 때도 함께 먹고 잠을 잘 때도 같은 이부자리에서 지냈다. 유비처럼 처음 가졌던 마음 그대로 결과가 어떻든 끝까지 자신의 마음을 상대방에게 보여준다면 반드시 모든 사람을 모든 것을 얻을 수 있다. 관우와 장비처럼 옆에서 투정을 부리는 사람이 생길 수도 있고 훼방을 놓을 수도 있다. 그러나 그런 유혹을 이겨냈기 때문에 유비의 정성이 더 빛을 낼 수 있었다. 무슨 일이든 지극 정성으로 대하면 세상에 이루어지지 못할 것이 없다. 지성이면 감천이 되는 것이다.

14

제갈공명 실력으로 관우 장비를 꺾다

유비가 어렵게 삼고초려 하여 함께 하게 된 공명은 생각지도 않은 적 아닌 적을 상대하게 되었다. 바로 관우와 장비였다.

공명이 오기 전에는 서열상 자신들이 2등이니 3등이니 하던 관우와 장비였는데 유비가 매일 공명과 함께 밥을 먹고 잠도 같이 자고 스승처럼 대하면서 공명이 자연스럽게 자신들보다 높은 자리에 앉게 된 것이다. 공명이 유비군의 모든 전략을 책임지고 통솔하는 군사가 되었다. 관우와 장비는 거기다 자신들보다 나이도 한참 어린 사람이 상관이라 마음이 영 불편했다.

"관우 형님, 이게 말이 되우. 우리가 지금까지 얼마나 고생했수. 근데 새파랗게 어린놈이 별안간 와서 우리들 위에 앉아서 이래라 저래라 하니 난 공명 그 작자가 시키는 건 아무것도 안 할 랍니다."

관우는 장비처럼 불만을 얘기하지는 않았지만 별다른 대꾸 없이 가만히 듣고만 있어도 워낙 자부심을 중요하게 생각하는 그라 장비와 마음이 크게 다르지 않았다. 어느 날 삼형제가 오랜만에 술자리를 가진 자리에서 장비가 공명에 대한 불만을 털어놓았고 관우도 조심스럽게 자신의 의중을 말했다.

"형님, 우리 두 형제가 지금껏 형님과 생사고락을 함께했는데 요즘 공명 선생을 너무 높이 대하시는 것 같아 걱정입니다. 다른 장수들과 병졸들도 불만이 많습니다."

유비도 전부터 두 아우들이 그런 마음을 가지고 있다는 것을 눈치 채고 말을 이었다.

"자네들이 아무리 나와 의형제라고 할지라도 군에는 엄연히 위계가 있는 법이네. 내 공명 선생을 군사로 임명했으니 아우들은 여러 말 하지 말고 그분의 말씀을 잘 따르도록 하게."

관우와 장비는 겉으로는 그렇게 하겠다고 대답은 했으나. 날이 갈수록 공명에 대한 불만은 더욱 커져만 갔다. 공명이 무언가 지시하면 따르는 체하다가 중도에 어긋나게 하고 일부러 정해진 기한을 넘기기도 하였다. 공명 또한 관우와 장비가 자신을 탐탁지 않게 여긴다는 것을 너무도 잘 알고 있었다.

"예상치 않은 적이 내부에 있구나. 어떻게든 두 사람을 내 사람으로 만들어야겠구나."

그러던 어느 날 공명에게는 좋은 기회가 왔다. 조조가 하후돈을 보내 싸움을 걸어온 것이다. 공명에게는 첫 번째 전투라 이번에 자신의 계책대로 적을 물리치면 분명 자신을 다르게 볼 거라 여겼다. 공명은 하후돈을 물리칠 계책을 모두 세운 후에 유비를 찾아갔다.

"주공, 주공의 칼과 대장인을 잠시 빌려주실 수 있으신지요?"

유비는 공명이 군사라 모든 것을 명할 수 있는데 형식적으로나마 칼과 대장인을 주어 공명의 위엄을 더해주기로 하였다. 공명은 모든 장수들을 불러놓고 칼을 높이 들었다.

"이 칼은 주공의 칼이다! 지금부터 내가 하는 말은 주공의 말과 같다. 거역하는 자는 군법으로 엄히 다스리겠다."

관우와 장비뿐만 아니라 여러 장수들은 공명의 위엄 어린 말투에 크게 놀라워했다. 지금까지는 그저 병법이나 조금 읽은 서생같은 사람이라 여겼는데 칼을 들고 큰 소리로 얘기하자 그대로 따라야 할 거 같았다.

"지금부터 내가 하는 말대로 따라야 한다. 관우는 일천 군마를 이끌고 예산 오른쪽 숲에 매복해 있어야 한다. 장비는 일천 군마를 이끌고 뒷산 골짜기에 매복해 있다가 남쪽 산에서 불이 나거든 하후돈의 진채로 가서 군량과 마초를 태워 없애야 한다. 관평과 유봉은 뒤편으로 돌아가 사방에서 불을 놓아라. 조운은 선봉에 서서 하후돈을 상대하는데 이기지 말고 계속 지면서 뒤로 유인하라."

공명은 위엄스러운 눈빛과 큰 목소리로 모든 장수들에게 명하여 바로 출전하게 하였다. 유비는 공명을 믿었지만 그래도 첫 전투라 어떻게 될지 걱정스러운 눈빛으로 공명을 바라보았다.

"공명 선생의 계책대로 잘 되었으면 좋겠습니다."
"주공, 걱정하지 마십시요. 편하게 쉬시면서 장수들이 돌아올 때 주실 상을 마련해 주십시요."

공명은 이미 이긴 것처럼 당당하게 말하였다. 그렇게 장수들은 하후돈을 상대로 떠나고 반나절이 지나 모든 장수들이 돌아오는데 관우와 장비는 큰 목소리로 승전보를 외치며 말에서 내렸다. 장비는 흥분하여 유비 앞에 섰다.

"주공, 우리가 이겼습니다! 하후돈 군사는 열에 둘이 남은 채로 도망갔습니다. 완전한 대승입니다."

유비는 공명의 계책으로 첫 전투에서 대승을 거두어 너무 기뻤고 공명을 믿고 모든 것을 맡긴 결과가 너무도 좋아 더 기뻤다. 관우와 장비는 그날부터 공명을 다르게 보았다.

"공명 선생 그동안 우리가 너무 선생을 욕보인 거 같소. 이제부터 어떤 명이든 잘 따르겠소."

관우도 두 손을 공손히 모으고 공명에게 절하며 말했다.

"선생의 큰 가르침을 앞으로도 계속 받겠습니다."

유비는 두 아우가 이제서야 공명을 높이 보고 존중하는 모습을 보여주자 크게 기뻐하였다. 삼형제와 공명은 그날 술자리에서 복숭아나무 아래서 도원결의를 하듯 맹세하면서 더욱더 친밀해지게 되었다. 공명은 이제야 자신의 뜻대로 유비군을 이끌게 되어 마음이 놓였고 유비도 더 이상 아우들과 공명의 문제에 대하여 신경 쓸 필요가 없어 편안했다. 공명의 나이가 스물일곱이었기 때문에 군사로써 지휘하는 것이 쉽지 않았지만, 공명은 자신의 능력을 직접 보여줌으로써 이후 나이는 전혀 상관없었다. 리더는 나이로 만들어지는 것이 아니다. 세종대왕은 20살 어린 나이에 왕이 되었는데도 불구하고 할아버지뻘 되는 대신들을 잘 이끌어 조선 시대 가장 많은 업적을 이루었다. 진정한 리더는 실력으로 판단해야 하는 것이다. 갑자기 어디서 날아온 낙하산 같은 사람을 우리는 별로 좋아하지 않는다. 특히 공무원 세계에 이런 일들이 많이 일어나는데 그렇게 해서 내려온 사람들이 정말 실력이 있다면 아무 문제가 되지 않는데 실제로는 아무런 능력을 보여주지 못하고 몇 달 있다가 떠난다. 재벌 2세들이 아버지의 경영권을 이어받는 것은 문제가 되지 않지만 아무런 능력도 보여주지 못한다면 큰 문제가 된다. 중요한 것은 낙하산도 아니고 나이도 아니다. 실력이다. 실력으로 인정받으면 그 누구도 뭐라 말할 수 없는 것이다. 공명은 실력이 있었기 때문에 어린 나이임에도 불구하고 군사가 되어 모든 장수들을 지휘했다. 나라의 대통령이든 국회의원이든 실력이 있다면 누구라도 될 수 있다. 진정한 리더라면 유비처럼 겉으로 보여지는 모습이 아니라 보이지 않는 잠재력을 파악하여 그 능력을 최대한 꺼낼 수 있어야 한다. 리더는 늘 마음으로 상대를 대하고 마음으로 보아야 한다.

15

조운 일기당천으로 유비의 아들을 구하다

유비는 조조의 50만 대군이 쳐들어오자 백성들을 이끌고 후퇴하는데 조조군이 점점 가까워지자 부하 장수들이 유비에게 말한다.

"주공, 이대로 가다간 금방 조조군에게 따라잡히게 되니 백성들을 버리시고 먼저 멀리 피하십시오."
"무슨 소리냐! 나를 믿고 의지하는 백성들을 어찌 그냥 내버려둘 수 있겠느냐."

유비는 죽을 때 죽더라도 자신을 믿고 따르는 백성들과 끝까지 함께하려는 어진 마음을 가졌다. 백성들은 이러한 사실을 알고 크게 감동하여 더욱 흠모하였다. 힘겹게 백성들과 함께 도망을 가는데 조조의 대군이 들이닥치자 백성들뿐만 아니라 유비의 가솔들도 모두 뿔뿔이 흩어지고 만다. 유비의 두 번째 부인 미부인과 갓난아기 아두가 보이지 않자 조운이 곁에 있는 모사 간옹에게 말한다.

"내 반드시 미부인과 아두를 찾아 무사히 모시고 오겠습니다."

조운은 말을 타고 홀로 조조군 중앙으로 들어간다. 조운이 도망치지 않고 반대로 조조군에게 들어가는 것을 본 장비는 조운이 조조에게 투항하는 줄 오해하고 유비에게 말한다.

"형님. 조운이 지금 조조군에게 혼자 들어가는데 이놈이 우릴 배신했수다."
"닥쳐라! 자룡은 그럴 사람이 절대 아니다."
"형님도 참 우리가 보잘것없으니까 그쪽으로 붙을 수도 있는 거 아니유."
"자룡은 그 어떤 장수보다 신의를 중요시하는 사람이다. 나는 그를 믿는다. 뭔가 사정이 있을 것이다."

유비는 장비의 말을 전혀 귀담아듣지 않고 다시 한 번 큰소리로 외친다.

"자룡은 절대 나를 저버릴 사람이 아니다!"

한편, 조운은 미부인과 아두를 찾기 위해 혼자서 조조군 사이에서 격렬하게 창을 휘두르며 돌진한다. 이름 없는 적장을 만나면 모두 일 합에 말에서 떨어뜨렸고 이름이 조금 알려진 장수들은 삼합 이내로 모두 쓰러뜨렸다. 말 그대로 일기당천의 귀신같은 창 솜씨를 보이며 조조군을 어지럽혔다. 멀리서 조운의 신들린 무예를 지켜보는 조조가 곁에 있는 장수에게 물었다.

"아니, 저렇게 용맹한 사람이 있다니! 저 장수가 누군지 당장 알아봐라."

조조의 명을 받은 부하 장수가 잠시 후 조조에게 보고한다.

"유비를 따르는 조자룡입니다. 관우, 장비 다음으로 유비의 총애를 받고 있는 장수입니다."
"유비는 참 복도 많구나. 저 장수가 내 사람이었으면 좋겠다. 여봐라! 자룡을 죽이지 말고 산채로 사로잡아라!"

조운은 조조가 자신을 지켜보는 것을 모르고 계속해서 더 깊숙이 들어갔다. 끊임없이 달려드는 장수들을 베다 보니 어느새 백이 넘었다. 잠시 말에서 내려 불에 탄 집을 발견하고 수색하는데 우물가에서 아두를 안고 쓰러져 있는 미부인을 발견한다.

"부인! 어서 말에 오르십시오."

미부인은 창에 찔려 피를 흘리고 있었다.

"저는 틀렸습니다. 어서 아두를 주공께 데려가세요."

미부인은 아두를 조운에게 건네고 바로 옆에 있는 우물로 뛰어들었다. 조운이 자신 때문에 시간을 지체하다 아두까지 잃을 수 있을 거라 여긴 것이다. 조운은 순간 당혹스러웠지만, 마음을 굳게 먹고 어떻게든 아두를 데리고 적진을 빠져나가려고 일어났다. 자신의 옷을 찢어 보자기처럼 아두를 가슴에 단단히 묶고 말에 박차를 달렸다. 조조의 명을 받아 조운을 산 채로 잡으려고 이름 있는 장수들이 계속 나타났다. 조운은 아두가 품에 있어 행여나 다칠까 걱정하며 적장의 창을 피하며 계속 달렸다. 적진을 거의 빠져나갈 때쯤 적장 수십 명과 수천의 군사들이 조운을 중앙으로 둔 채 빙 둘러 에워쌌다.

"자룡, 이제 항복해라! 우리 주공께서 특별히 널 살려서 장수로 쓰고 싶으시다고 하셨다."
"헛소리하지 마라! 역적에게 항복하느니 차라리 여기서 싸우다 죽는 것이 낫다."

조운은 아두를 묶은 보자기를 다시 한 번 단단하게 동여맨 후 미친 듯이 창을 휘둘러 적장을 베어나갔다. 무인지경으로 바다를 가르듯 계속 앞으로 나아가면서 장수들을 쓰러뜨리는데 자신들이 따르던 장수가 너무 쉽게 죽어 나가는 것을 본 군사들은 모두 겁을 먹고 도망치는데 바빴다. 조운은 순간 말을 더 박차고 조조군 위로 날아올라 순식간에 에움에서 벗어나는 데 성공했다.

그렇게 신들린 무예로 적진을 빠져나오다 죽을 고비를 여러 번 넘기면서 화살과 창에 찔렸다.

드디어 장비가 최후의 방어선으로 지키고 있던 장판교 앞까지 왔다.

"장군! 아두를 구했습니다. 뒤를 부탁드립니다."

지금까지 조운이 배신한 줄 알았던 장비는 금방 마음을 바꾸었다.

"아. 자룡! 그럼 그렇지, 걱정하지 말고 빨리 가 여긴 나 혼자 막을 수 있어."

조운은 피를 흘리며 유비에게 찾아갔다. 품 안에서 잠들어 있는 아두를 보자기에서 꺼내어 유비에게 전해주며 말한다.

"주공, 받으십시오. 너무 늦은 것을 용서해 주십시오."

유비는 무릎을 꿇은 조운에게 아두를 건네받다 순간 아두를 곁에 있는 장수에게 내 던지고

조운의 다친 곳을 살핀 후 두 손을 잡고 울면서 말한다.

"저 보잘것없는 녀석 때문에 훌륭한 장수를 잃을 뻔했구나!"

조운은 유비의 말에 큰 감동을 받으며 함께 울었다. 옆에서 지켜보는 장수들과 군사들도 두 사람의 모습을 보며 눈물을 흘린다. 조조가 유비를 가장 두려워한 이유가 바로 이것이다. 유비는 사람의 마음을 온전히 사로잡는 마력의 소유자다. 모든 부하들은 온전히 유비에게 빠져든다. 유비는 진심으로 부하들을 아끼며 사랑했고 부하들은 진심으로 존경하면서 충성하였다. 진정한 리더는 복종을 요구하지 않는다. 진정한 리더는 존경을 받는 리더다. 사람은 굳이 말하지 않아도 상대방의 행동을 보면서 저 사람이 나에게 진정으로 대하는지를 알 수 있다. 장수는 나를 알아주는 사람에게 목숨을 바친다. 조운은 유비를 위해 목숨을 걸고 아두를 구했다. 자신의 목숨을 바쳐서까지 충성을 할 수 있는 사람, 우리는 그러한 리더를 원한다. 진정한 리더는 한 번의 선한 행동으로는 결코 존경받을 수 없다. 오랫동안 한결같은 선한 행동을 보여주며 의로운 행동을 보여주어야 한다. 만약 누군가에게 거짓으로 잘 보이려는 행동을 한다면 반드시 누군가는 알아챌 것이고 언젠가는 진실을 알게 될 것이다. 진심으로 마음 깊이 우러나오는

행동을 할 때 우리는 감동을 하고 조운처럼 함께 눈물을 흘린다. 진정한 리더는 자신을 따르는 사람들을 자신의 몸처럼 아끼고 사랑할 줄 알아야 한다. 결코 혼자서 큰일을 이루는 리더는 존재하지 않는다. 나를 좋아해주고 사랑해주고 존경하고 따르는 사람들을 결코 소홀히 여겨서는 안 된다. 리더 또한 똑같이 따르는 사람들을 진심으로 좋아하고 사랑하고 존중하여야 한다.

한 사람에게 온 마음으로 정성을 다하고 위하면 지켜보는 다른 사람들도 똑같은 마음을 느끼게 된다. 리더는 말이 아닌 몸으로 보여주는 사람이다. 따르는 사람들을 내가 얼마나 사랑하는지 표현하고 말하고 눈물을 흘릴 줄 알아야 한다. 리더는 많은 사람들에게 존경받으려고 하는 것보단 어떻게 하면 단 한 사람에게라도 존경받을 수 있을지를 생각해야 한다. 한 사람에게 존경받는 사람은 시간이 흐르면 흐를수록 결국 많은 사람들에게 존경을 받을 것이다. 진정한 리더는 위인이 되어야 한다. 존경할 수 있는 위인이 되는 것을 꿈꿔야 한다.

관우의 하늘같은 자부심

오나라 왕 손권은 유비와 동맹을 맺기 위해 자신의 아들을 관우의 딸과 혼인시키려고 한다. 손권의 사신이 관우를 찾아가서 말한다.

"저희 주공께 아드님이 한 분 계시는데 장군의 따님과 혼인시켜 양쪽 집안이 서로 동맹을 맺으면 아름다운 일 아니겠습니까?"

관우는 갑자기 벌떡 일어나 크게 화를 내며 말한다.

"범의 딸을 어찌 개의 아들에게 보낼 수 있겠느냐? 어서 썩 물러가거라!"

16

장비 큰 고함소리 한번으로 수십만 대군을 물리치다

조조의 수십만 대군에게 쫓기는 유비 일행은 백성들과 함께 이리저리 도망 다니는데 장비가 갑자기 말을 몰아 유비 앞으로 나선다.

"형님! 제가 장판교에서 조조를 막아보겠수다."
"아니, 너 혼자 어떻게 조조의 수십만 대군을 막겠다는 것이냐?"
"기병 수십 명만 이끌고 가보겠수다. 장판교 뒤에서 기병들이 말꼬리에 나뭇가지를 묶어서 이리저리 달리게 해 흙먼지를 일으키면 의심 많은 조조가 대군이 매복한 줄 알고 쉽게 들어오지 못할 거유."

유비는 장비의 계책을 듣고 마음이 놓였다.

"아니 장비야, 네가 이런 머리를 다 쓰다니. 다시 봐야 되겠구
나."

장비는 기병 수십 명과 함께 장판교로 달렸다. 미리 명령한 대
로 기병들이 뒤에서 흙먼지를 일으키며 달리게 하고 장비는 홀로
장판교 가운데서 말을 타고 있었다. 잠시 후 조조가 수십만 대군
을 이끌고 장판교 근처에 도착했다. 조조는 장판교 다리에 홀로
있는 장비를 바라보며 일단 대군을 멈춰 세웠다.

"아니, 저 호랑이수염을 가진 장수는 누구 길래 혼자 지키고
있느냐? 필시 매복이 있을 것이다. 함부로 다가서지 마라!"

장비는 조조의 대군이 앞으로 나오지 않자. 자신의 계책에 걸렸
다고 믿고 큰 소리로 외쳤다.

"조조야, 내가 바로 그 유명한 장비다! 네 목을 거두어주겠다.
덤벼라!"

엄청난 우레 같은 고함소리에 조조뿐만 아니라 모든 군사들이
두려워했다.
조조는 전에 관우에게 장비에 대해 들었던 이야기가 떠올랐다.

"동생 장비는 적장의 머리를 주머니 속의 물건 꺼내듯이 쉽게
베어올 수 있습니다."

조조는 계속 크게 고함을 지르고 있는 장비를 보면서 관우가
했던 얘기를 상기하자 더욱더 기가 질렸다. 장비는 조조군이 겁을
먹고 있는 것을 알고 계속 소리를 지른다.

"다들 겁먹었느냐! 어서 덤벼라! 누구 목을 먼저 베어줄까? 와
라! 안 오면 이 장비님께서 간다! 으하하 하하. 내가 가서 모두
죽여주마! 으아아악"

장비의 큰 소리에 기가 질린 장수 하나가 말에서 떨어졌다. 장
비가 달려 나오는 시늉을 하자 갑자기 군사들이 뒷걸음질을 치고
조조도 넋이 나가 뒤로 도망을 친다. 이윽고 조조의 수십만 대군
이 모두 귀신에 홀린 듯 겁을 먹고 정신없이 달아나는데 너무나
한심했다.

"하하하하. 다 죽었다. 거기 서라! 역적 조조야! 어디 있냐? 어
서 목을 내놔라!"

말도 안 되는 일이 벌어졌다. 장비 홀로 조조군 수십만 명을 물
리친 것이다. 장비는 의심이 많은 조조의 성격을 제대로 파악해

멋지게 자신의 계책을 성공시켰다. 덕분에 유비는 백성들을 이끌고 좀 더 멀리 안전하게 피신을 하여 시간을 벌게 되었다. 삼국지에서 장비의 가장 빛나는 장면이 바로 장판교에 홀로선 장비다. 장비가 아니면 그 어떤 장수도 시도조차 할 수 없는 행동이었다. 무모한 계책이라 생각할 수도 있지만 어쨌든 장비는 멋지게 성공시켰다. 장비의 엄청난 자신감이 있었기에 가능했다. 장비는 이 방법밖에 없다는 강한 믿음이 있었다. 반드시 조조를 물리칠 수 있다는 신념이 있었고 큰 용기를 가졌다. 장비는 뒤에 대군이 매복해 있는 것처럼 적을 완벽하게 속이고 크게 고함을 질렀다. 실제 가진 것은 기병 수십 명뿐이었지만 흙먼지를 일으키며 대군이 있는 것처럼 보이게 하였다. 살다 보면 가진 것이 다 사라질 수도 있다. 많은 사람들이 가난하다고 해서 쉽게 절망하고 무기력에 빠진다. 내가 남보다 부족하다고 고개를 숙이며 자책을 한다. 가난하고 부족하다고 자신을 믿지 못하고 목소리가 작아지는데 오히려 장비처럼 반대로 살아야한다. 가난하고 부족할 때 더 크게 외치고 더 적극적으로 행동해야 변화가 일어난다. 내가 나 자신을 무시하면 다른 사람들도 나를 무시하게 된다. 반대로 내가 나를 무시하지 않으면 절대 그 누구도 나를 무시하지 못한다. 장비처럼 없을 때 오히려 있는 것처럼 큰소리를 치며 살아야 한다. 당당하게 어깨를 펴고 힘 있게 말하고 씩씩하게 걸어 다녀야 한다.

세상 사람들은 그런 모습을 보고 저 사람은 뭔가 있는 거 같다고 여기게 된다. 있을 때는 반대로 겸손하게 행동해야 한다. 자신감은 모든 사람들이 반드시 가져야 할 가장 중요한 마음가짐이다. 나는 할 수 있다. 나는 된다. 나는 반드시 성공한다는 믿음을 가져야 한다. 여기서 중요한 것은 절대 0.1%라도 자신을 의심하면 안 된다는 것이다. 조금이라도 의심하는 순간 모든 것이 무너진다. 100% 자신감을 가질 때 우리는 아무리 부족하고 없어도 다시 일어날 수 있다. 자신의 뇌를 속여야 한다. 지금 다 가진 것처럼 크게 웃고 이미 이루어진 것처럼 말하고 행동해야 한다. 뇌는 내가 믿는 대로 나를 움직인다. 자신감이 부족하면 자신감이 강한 사람처럼 행동하라. 자신감이 강한 사람처럼 끊임없이 말하고 행동하면 어느 날 자신감이 강한 사람이 되어 있는 자신을 만날 것이다.

17

황개의 고육계와 방통의 연환계로 조조를 무너뜨리다

조조는 위, 촉, 오 삼국 중 하나인 오나라 강동의 손권을 쓰러 트리기 위해 백만 대군을 이끌고 출정에 나섰다. 손권은 대신들이 조조군의 기세에 눌려 항복을 권하자 칼을 높이 쳐들고 탁자를 내리쳐 깨트리며 크게 외친다.

"오늘 이후로 그 누구라도 항복을 말하는 자는 이 칼을 목으로 받으리라!"

손권은 조조와 비교하면 군사도 적고 여러모로 이길 수 없으리란 것을 알았지만 비굴하게 항복하는 것보다 용감히 싸우다 죽는 것을 선택하였다. 손권의 뜻을 받들어 주유가 대도독이 되었다. 주유는 대군을 이끌고 적벽에서 조조를 상대로 주둔하였다. 하지만 주유는 손권에 계속된 진군 명령에도 불구하고 쉽사리 출전하지 못하였는데 정면 승부로는 도저히 이길 수 없으리란 생각에 여

러 날을 고심하다 병까지 생기게 되었다. 어느 날 늦은 밤 황개가
주유의 막사를 찾았다.

"도독, 이 황개에게 좋은 계책이 있으니 그대로 하면 반드시 조
조를 쳐부술 수 있을 것입니다. 제가 고육계를 사용하여 조조
에게 가겠습니다."

황개는 손견 때부터 함께 싸운 노장이었다. 주유는 비록 자신
의 직위가 더 높았지만, 공손히 대했다.

"아니, 장군께서 어찌 젊은 사람도 견디기 힘든 고육계를 하실
수 있단 말입니까?"
"제 목숨 하나 버려서 강동을 살릴 수 있다면 백번이라도 죽
을 수 있습니다. 다른 장수보다 제가 해야 의심 많은 조조를
믿게 할 수 있습니다."

주유는 황개의 굳은 의지를 도저히 꺾을 수 없었고 지금으로써
는 가장 좋은 계책이라 여겨 황개의 고육계를 실행하기로 하였다.
다음날 황개는 일부러 주유에게 반항하고 모욕하였다.

"주유! 어린 사람이라 역시 겁이 많구나. 지금 당장 싸우지 않
으면 절대로 이길 수 없다. 차라리 이대로 항복하는 것이 더

나을 것이다."

황개는 여러 장수들 앞에서 큰소리로 외쳤다. 이 말을 들은 주유는 크게 화를 내었다.

"황개! 네가 감히 나를 모욕하고 전장의 사기를 떨어트리다니 여봐라 저자를 어서 목 베라."

주유의 명을 받은 장수들과 군사들은 모두 크게 놀라며 황개를 변호하였다.

"대도독 참으십시오. 황개 장군은 오랫동안 강동을 위해 큰 공을 세우신 분입니다. 부디 용서하여 주십시오."

주유는 여러 장수들이 말리어 목숨은 살려두고 척장 100대를 명하였다. 병졸들은 늙은 노장의 옷을 벗겨 땅에 엎어놓고 큰 몽둥이로 사정없이 매질하였다. 주유는 마음속으로 크게 안타까웠지만 이렇게 해야 모든 장수들을 속일 수 있었다. 황개는 온몸에 피멍이 들고 살이 찢어져 나갔다. 여러 장수들이 매질이 끝나고 다 죽어가는 황개를 업고 거처로 옮기었다. 황개는 자신이 신임하던 부하 장수에게 주유에 대한 욕을 하며 크게 분한 모습을 보여 주었다.

"내가 이 나이에 새파랗게 어린놈에게 지시받는 것도 서러운데 오늘 이런 치욕을 당하다니 차라리 조조에게 투항하여 주유 이놈을 내 반드시 죽이리라."

황개는 조조에게 투항한다는 편지를 써서 몰래 조조 군중으로 보냈다. 조조는 황개가 주유에게 모진 매를 맞고 투항한다는 얘기를 듣고 크게 기뻐하였다. 모든 것이 주유와 황개의 계획대로 진행되었다. 주유는 황개의 고육계만으로는 부족하다 여겼다. 마침 강동으로 와서 지내고 있는 천재적인 지략가 방통을 불렀다.

"방통 선생, 지금 조조가 수백 척의 배와 수군을 이끌고 강을 넘어오려 하는데 좋은 계책이 있으신지요?"
"물에는 불을 사용하는 것이 최상의 계책입니다. 제가 조조에게 투항하여 연환계를 사용해 보겠습니다. 배들을 모두 쇠사슬로 묶어 놓고 불을 지르면 조조를 이길 수 있습니다"

주유는 방통을 조조에게 보내기 위해 조조가 보낸 사신을 우연을 가장하여 일부러 방통의 집 근처로 지나가게 하였다. 사신은 방통이 천하에 없는 모사라는 사실을 예전부터 알고 있었는데 우연히 지나가다 방통을 만나게 되어 크게 기뻐하였다. 방통은 오래 전부터 조조를 찾아가 보려고 했다고 말하며 달콤하게 말했다.

"승상께서는 선생처럼 지모 있는 분은 예를 다해 모시고 있습니다. 저와 함께 가시어 대업을 함께 이루시지요."

방통은 그렇게 하여 쉽게 사신을 속이고 조조에게 갈수 있었다. 조조 역시 오래전부터 방통에 대한 얘기를 많은 사람들에게 들은 터라 매우 기뻐하였다.

"방통 선생을 뵐 수 있어 크나큰 영광입니다. 가르침을 받고 싶습니다."

조조는 진심으로 예를 다해 정중하게 방통을 모셨다. 방통은 우선 조조의 수군을 보고 싶다고 하여 한참을 둘러본 후 조조에게 자신의 계책을 들려주었다.

"제가 보니 병졸들이 물질에 익숙하지 못하여 멀미를 하고 제대로 배 안에서 움직일 수가 없습니다. 배와 배를 쇠사슬로 묶어 놓으면 이러한 문제를 해결할 수 있고 땅에서 싸우듯 배와 배 사이를 쉽게 다닐 수 있으니 적을 상대로 공격하기에 이것보다 더 좋은 계책은 없을 것입니다."

조조가 듣고 보니 자신이 늘 고심했던 문제를 방통이 쉽게 해결해 주어 크게 기뻐하였다. 그날로 모든 배를 쇠사슬로 엮으라

명하였다. 방통이 말 한대로 병사들은 그날부로 멀미를 하지 않았고 모든 배가 묶여 서로 붙어 있으니 땅에서 싸울 때처럼 모든 물자가 원활히 공급되었다. 조조는 황개가 항복해 온다고 하고 방통처럼 훌륭한 모사가 있어서 걱정이 없었다. 강동이 자신의 땅이 되리라 굳게 믿고 있었다. 이 모든 계획이 자신의 패배를 위한 것인 줄은 꿈에도 몰랐다. 평소에 그 누구보다 의심이 많았던 조조가 그때는 아무런 의심이 없었던 것이다. 결국 주유와 싸움은 시작되었고 황개가 선봉으로 출전하였다. 조조는 황개가 오고 있는 것을 보고 당연히 항복하러 오는 줄 알고 기뻐하였는데 황개는 배에 불을 질러 조조군의 쇠사슬로 묶여 있는 가장 맨 앞에 있는 배를 향해 돌진시켰다. 모든 배들이 묶여 있었기 때문에 불은 순식간에 걷잡을 수 없이 조조군의 모든 배를 태웠다. 조조는 혼비백산하여 수염이 불에 다 탄 채로 간신히 도망쳤다. 도망치면서 황개의 고육계와 방통의 연환계에 속은 것을 알았지만 너무 늦었다. 적벽에서의 대전은 조조에게 있어서 치명적인 실패로 오랫동안 가슴 아픈 기억이 되었다. 적을 속이기 위해서는 적이 나를 적으로 여기지 않게 만드는 것이 최고의 계책이다. 황개는 자신의 목숨을 걸고 살이 찢어지는 고통을 감수하며 고육계를 사용하였다. 무언가를 간절히 원하고 바란다면 그만큼의 고통을 감수하여야 한다. 큰 성공에는 반드시 큰 고통이 따르게 된다. 고통 없이는 아무것도 얻을 수 없다. 황개는 강동을 지키기 위해 몸과 마음을 바쳤다. 황개 같은 정신의 군인들이 열 명만 있어도 그 어떤 나라도 쳐들어 올 수 없을 것이다. 조조는 삼국지 인물 중에 가장 의심이 많은 사람이지만 모든 것이 잘 풀리고 있을 때는 오히려 의심하지 않았다. 가장 위험할 때는 아무런 문제가 없을 때이다. 좋은 일들이 계속 일어날 때는 오히려 더 몸가짐을 바르게 하고 더 깊이 생각을 하며 앞으로 어떤 일이 일어날지 끊임없이 대비하고 생각하여야 한다. 달콤한 말은 항상 위험하기 마련이다. 그 사람이 왜 나에게 이런 말을 하는지 깊이 생각해보아야 한다. 사기꾼일수록 달콤한 말을 사용하고 가까이 다가오려 한다. 그 누구도 100% 믿어서는 안 된다. 특히 돈이 얽혀 있거나 비즈니스에 있어서는 더욱 더 조심해야 한다.

조홍의 희생

여포에게 패하고 홀로 도망가던 조조를 구하려 사촌 동생 조홍이 말을 타고 나타난다.

"형님, 어서 이 말에 오르십시오."
"나는 틀렸다. 너라도 살아 이곳을 빠져나가거라."

어릴 적부터 사촌 형인 조조를 우러러보던 조홍은 이렇게 말한다.

"천하를 위해 저는 없어도 되지만 형님이 없어서는 결코 안 됩니다. 반드시 목숨을 보전하시어 크신 뜻을 세상에 펼치셔야 합니다."

18

제갈공명 사흘에 화살 십만 개를 만들어내다

공명은 조조의 백만 대군을 물리치기 위해 오나라 손권을 찾아 간다. 신들린 듯한 언변으로 손권의 모사들을 말로 쓰러뜨리고 손권에게 격동기법을 사용하여 연합을 성공시킨다. 손권이 가장 믿고 아끼는 오나라 최고의 장수이자 전략가인 주유는 제갈공명의 뛰어난 계책과 언변이 장차 자신의 오나라에 크게 위협이 될 거라 믿고 공명을 죽이기로 마음먹는다.

> "공명은 반드시 우리 오나라에 큰 적이 될 것이다. 나 주유보다 더 대단한 자를 만나게 될 줄이야. 내 하루빨리 저자를 없애야 되겠다."

공명은 주유가 자신을 크게 질투해 죽이려고 하는 것을 미리 알아챘다.

"주유 당신이 나를 없애기는 쉽지 않을 것이오."

주유는 어느 날 공명에게 조조의 대군을 어떻게 막을 수 있는
지 의논하자고 불렀다.

"공명 선생 조조를 물리치는데 가장 필요한 무기가 무엇이라
생각하시오?"
"조조군은 물에서는 싸움을 해본 적이 없는데 배를 타고 넘어
오니 화살 공격이 가장 중요하다고 생각합니다."
"맞소, 공명 선생 내 생각과 같구려, 지금 군중에 화살이 부족
한데 선생께서 화살 십만 개를 만들어 주시오."

공명은 갑자기 화살 십만 개를 만들라고 하니 어이가 없었다.
자신에게 무리한 요청을 해서 성사되지 않으면 죽이려고 하는 것
으로 짐작했다. 하지만 공명은 시원하게 대답했다.

"화살 십만 개는 금방 만들 수 있습니다. 걱정하지 마십시오."
"아니, 말을 너무 쉽게 하시는 거 아닙니까? 그럼 열흘이면 되
겠습니까?"

열흘 안에 십만 개를 만들라는 것은 더욱 말도 안 되는 것이었
다. 아무리 못해도 서너 달은 걸릴 일이었다. 하지만 공명은 웃으

면서 말한다.

"열흘이면 너무 길지 않습니까? 사흘이면 충분합니다."
"군중에서는 우스갯소리를 하지 않습니다. 만약 사흘 안에 화
살 십만 개를 가져오지 못하면 어쩌시겠습니까?"
"제 목을 바치겠습니다."

공명은 당당하게 말을 마치고 자리에서 일어났다. 주유는 공명
이 제정신이 아닌 것처럼 어처구니없다는 듯이 쳐다보았다.

"저자가 죽으려고 작정을 하였나 보구나. 어쨌든 사흘 뒤면 공
명을 없앨 수 있겠구나."

공명은 숙소로 돌아와서 편하게 쉬고 있는데 손권의 모사 노숙
이 찾아온다. 노숙은 공명의 뛰어남을 가장 먼저 알아보고 손권에
게 소개하여 연합을 끌어냈던 일등공신이었다.

"아니, 공명 선생 대도독 주유 장군과 한 약조를 듣고 왔습니
다. 화살 십만 개를 사흘 안에 가져오겠다고 말씀하셨다고요?
어찌 그런 터무니없는 약조를 하신 겁니까?"
"주유가 나를 죽이려고 하는데 그렇게 쉽게 당하지는 않을 겁
니다. 노숙 선생 제 부탁 하나만 들어주시면 저도 살고 화살

십만 개도 사흘 안에 구할 수 있습니다. 대도독 주유 장군이
알지 못하게 작고 빠른 배 20척과 군사 30명만 빌려주시오."

노숙은 공명이 주유의 손에 죽으면 조조의 백만 대군을 결코
막을 수 없을 거라 여겨 공명을 살리기 위해 주유 몰래 부탁을 들
어주었다. 공명은 사흘 뒤 새벽 배 20척에 짚단과 풀을 가득 채우
고 조조군이 있는 곳으로 갔다. 짙은 안개로 몇 미터 앞도 보이지
않았다. 공명은 군사들에게 북을 치라고 명하였고 조조군은 북소
리에 놀라 적들이 쳐들어오는 줄 알고 비 오듯 화살을 날렸다. 화
살은 공명이 예측한 대로 짚단에 모두 꽂혀 전혀 상하지 않았다.

"뱃머리를 돌려서 옆으로 화살을 받도록 하라!"

배를 옆으로 돌리자 다시 비 오듯 화살이 날아와 짚단에 꽂혔
다. 배 스무 척 모두 화살이 수천 개씩 꽂혀 고슴도치가 되었다.
얼추 세어도 십만 개는 충분히 넘어 보였다. 조조군은 짙은 안개
로 배를 몰고 공격할 수가 없어 계속 아까운 화살만 날리게 된 것
이다. 공명은 너무나 쉽게 화살 십만 개를 얻었다. 공명은 안개가
낄 것을 예측하여 배를 활용해서 조조의 화살 십만 개를 얻는 계
책으로 주유를 또 한 번 크게 놀라게 하였다.

"아! 공명은 신인이로구나. 내가 감히 범접할 수 없는 사람이다."

제갈공명은 천재적인 계책을 활용해 오나라의 손권과 연합해 적벽에서 조조의 백만 대군을 무찔러 크게 승리하였다. 공명은 삼국지 최고의 지략가이다. 모든 병법에 통달하였고 사람의 마음을 꿰뚫어 보는 능력이 탁월하였다. 공명의 지혜를 따라올 수 있는 사람이 없었다. 지혜는 과연 어떻게 얻을 수 있는 것인가? 일단 지식과 지혜는 너무나 다르다는 것을 알아야 한다.

지식은 알고 있는 내용, 학교에서 배운 암기된 지식, 책을 보고 알게 된 이야기, 누군가에게 들었던 상식적인 정보다. 지식이 많으면 똑똑하다는 소리를 듣는데 지식보다 더 똑똑하고 더 대단한 것은 지혜다. 아무리 많은 지식을 갖고 있어도 지혜롭지 못할 수 있다. 지혜는 지식과는 전혀 다른 차원에 문제해결 능력이다.

지혜를 가지려면 창의력과 상상력이 풍부해야 한다. 그리고 사물을 꿰뚫어 보는 통찰력과 미래를 내다보는 예지력이 필요하다. 또한 공감 능력이 반드시 있어야 하고 인성이 뒷받침되어야 하며 가장 중요한 사람을, 사회를, 세상을 바라보는 따뜻한 마음과 사랑이 있어야 한다.

지식이 없어도 얼마든지 지혜로울 수가 있다. 시골에서 평생 농사만 짓고 책을 한 권도 안 본 노인이 서울대 교수보다 더 지혜로운 결정을 할 수도 있다. 서울대 박사가 해결하지 못하는 것을 초등학생이 지혜를 발휘하여 문제를 풀 수도 있다.

물론 지식을 기반으로 하면 더 큰 지혜를 얻을 수도 있다. 하지만 너무 많은 불필요한 지식 때문에 오히려 지혜로운 판단을 못 할 수도 있다.

지식은 복잡할 수 있는데 지혜는 아주 단순하고 명쾌한 직관적인 판단을 내린다.

지혜로운 사람이 되려면 우선 고정관념을 버려야 한다. 어제까지의 지식이 오늘은 전혀 쓸모없을 수 있다는 생각을 가져야 한다. 늘 끊임없이 탐구하고 사색하고 다른 사람들의 생각을 모두 귀담아 들어야 더 좋은 생각을 할 수 있다. 한쪽 이야기만 듣고 한 사람의 이야기만 들어서는 결코 지혜를 얻을 수 없다. 늘 중립적인 사고방식으로 양쪽 이야기를 모든 사람들의 이야기를 들어서 이성적인 판단을 내려야 한다. 한마디로 열려있는 사고를 가져야 된다는 것이다.

지식은 학교에서만 배우는 것이 아니라 이제는 인터넷만 열면 모든 것을 쉽게 배울 수 있다. 모든 사람들의 지식수준이 같아질 때 지식과 차별화 될 수 있는 것이 바로 지혜다. 전구를 발명한 에디슨은 초등학교도 나오지 못했지만 죽기 전까지 무려 1036개의 특허를 발명했다. 학교에서 배운 지식도 중요하지만, 더 중요한 것은 상상력과 창의력이다. 지금 대한민국 학교에서는 지식만을 암기하도록 주입시키고 지혜를 가르치지 않는다. 지혜를 얻으려면 음악, 미술을 통해 상상력과 창의력을 길어주고 감수성과 인성을 높여야 한다. 체육활동을 통해 경쟁이 아니라 서로를 도울 수 있는 협력적인 인간관계를 체험시키고 독서를 통해 사색과 탐구를 하게 하여야 한다.

역사상 가장 지혜로웠던 왕 중에 솔로몬의 유명한 판결이 있다.

한 어머니가 아기를 잃어버렸는데 옆집에 사는 여자가 아기를 훔쳤다.

솔로몬 앞에 두 어머니가 와서 서로 자신의 아이라고 말하자 솔로몬은 아기를 반을 잘라서 나눠 가지라고 판결을 했다. 진짜 아기의 어머니는 아기가 죽는 것보다 훔친 여자에게 주어서 살리는 것이 낫다고 생각하고 자기 아이가 아니라며 거짓말을 하고 훔친 여자에게 아기를 주려고 했다. 솔로몬은 진짜 아기의 엄마가 누구인지를 실험하였고 아기를 죽이지 않고 훔친 여자에게 주려는 진짜 엄마를 가려내어 아기를 찾게 하였다. 이것이 바로 지혜인 것이다. 진짜 엄마를 찾아주려는 공감 능력과 사랑이 있었기 때문에 이러한 지혜를 발휘할 수 있게 된 것이다.

대한민국 사회는 지금까지 지나치게 지식만을 강조하여 학벌을 너무 중요시하였다. 그들이 지식은 있지만 지혜롭지 않을 수 있다. 정치도 지식이 아닌 지혜로운 사람들이 해야 하는데 지혜롭지 않은 사람들로 인해 지금도 혼란스러운 것이다. 학력이 높고 명문대를 나왔다는 이유로 투표를 해서는 안 된다. 정말 지혜로운 사람인지를 판단해야 한다. 공감 능력이 뛰어나고 마음이 따뜻한 사람 인간적인 사람을 구별할 줄 알아야 한다.

상상력과 창의력, 통찰력이 뛰어난 사람, 어린아이 같은 순수한 사람을 뽑아야 한다.

그런 사람을 알아보려면 나도 지혜가 있어야 한다. 내가 지혜가 없으면 지혜로운 사람이 누군지 알 수가 없다. 국민들이 지혜로워야 지혜로운 정치인들을 뽑고 지혜로운 대통령을 선출할 수 있다. 이제부터 지혜로운 사람이 되는 공부를 해야 한다. 한쪽 편만 들지 말고 양쪽 이야기 모두 들으면서 고정관념을 버리고 모두가 행복한 세상을 꿈꾸며 사람을, 사회를, 나라를 진심으로 사랑하는 마음을 가져야 한다.

바다는

비에 젖지 않는다

19

봉추선생 유비와 손권에게 실망하다

적벽대전에서 연환계를 사용하여 조조를 이기는데 큰 공을 세운 방통은 노숙에 천거로 손권을 찾아간다. 손권은 크게 기대를 하고 방통을 맞이하는데 막상 방통을 보자 크게 실망한다. 외모가 너무 볼품없었기 때문이었다. 눈썹은 너무 크고 짙어서 지저분했고 코는 들창코였고 까무잡잡한 얼굴에 수염도 볼품없이 듬성듬성 나 있었다. 아무리 둘러봐도 호감 가는 데가 전혀 없었다. 손권은 그래도 노숙이 천거한 터라 형식적으로 조금은 예의를 갖추고 물었다.

"공은 무슨 공부를 하였소?"

방통은 손권의 목소리를 들어보니 자신을 탐탁지 않게 생각한다는 것을 느끼고 퉁명스럽게 대답했다.

"할 만큼 했소이다!"

손권은 가뜩이나 호감이 가지 않는데다가 거만한 말투를 듣게
되니 더욱더 마음에 들지 않았다.

"오늘은 그만 돌아가시오. 내 나중에 다시 부르리라."

방통은 당연히 그럴 줄 알았다는 듯 몸을 돌려 못마땅한 표정
으로 걸어 나갔다. 옆에 있던 노숙은 손권이 당연히 중요한 직책
을 맡길 거라 생각했는데 너무 어처구니없는 상황이 되어 크게 당
황했다.

"주공, 방통 선생을 이대로 돌려보내시면 안 됩니다. 천하에 둘
도 없는 기재이옵니다. 적벽에서 연환계를 사용하여 큰 공을
세운 사람입니다."
"저자가 무슨 수로 그런 일을 했단 말이오. 조조가 스스로 쇠
사슬을 엮은 것을 저자가 괜스레 자신의 공으로 돌려서 거짓
말할 수도 있는 거 아니오. 어쨌든 다시는 보고 싶지 않소."

손권은 그렇게 방통의 겉모습만 보고 우습게 여기어 큰 인재를
놓치게 되었다. 노숙은 방통을 급히 따라 나가 손권의 마음을 전
하고 앞으로 어찌할지를 물었다.

"방통 선생, 우리 주공께서 사람 보는 눈이 어두우셔서 선생을 모시지 못해 죄송합니다. 앞으로 어디로 가실 예정이십니까?"

"세력은 손권 조조보다 못하지만, 덕이 크다는 유비에게 가볼까 하오."

방통은 노숙과 헤어지고 다음 날 일찍 유비가 있는 형주로 떠났다. 유비에게는 당시 세력이 크지 않아 도움을 줄 수 있는 인재가 별로 없어 늘 새로운 사람을 찾고 있었다. 그러던 어느 날 방통이란 사람이 자신을 찾아왔다고 하여 예를 갖추고 기쁜 마음으로 계단까지 마중을 나갔다. 그러나 방통을 처음 본 유비 역시 손권처럼 크게 실망하였다. 아무리 좋게 보아도 자신에게 지략을 줄 만한 사람으로 보이질 않았다. 그래도 손권보다는 예의 바르게 대했다.

"선생께서 찾아오신 이유가 무엇이옵니까?"

"주공께서 어진 사람을 찾는다고 하여 왔습니다. 어떤 일이라도 맡겨주시면 다 해낼 수가 있습니다."

유비는 방통의 외모는 전혀 마음에 들지 않았지만 그래도 자신을 도와주려고 온 사람이라 그냥 돌려보낼 수 없다 생각하여 일단 작은 일을 맡기기로 했다.

"지금 이곳에는 사람이 모두 차 있어서 선생께서 도와주실 일이 없습니다. 하지만 여기서 동남쪽으로 수백 리를 가면 뇌양현이란 작은 마을이 있는데 그곳에 현령을 해보시면 어떻겠습니까?"

방통은 유비의 처신에 크게 실망하였다. 손권처럼 자신의 외모를 보고 너무 보잘것없는 직책을 주었다고 생각한 것이다. 자신이 겨우 현령 자리 하나 얻으려고 온 것이 아니었지만 더 이상 마땅히 갈 데도 없어서 일단 유비가 내리는 벼슬을 받기로 하고 뇌양현으로 떠났다. 방통은 자신이 원하지 않았던 일이라 마을에 도착한 이후 아무런 일도 하지 않고 지냈다. 매일 술만 먹으면서 자신의 처지를 한탄하였다. 백성들은 자신들을 위해 아무것도 하지 않는 방통을 매우 안 좋게 여겼고 그러한 소문은 결국 유비에 귀로 들어갔다.

"아니, 이 못생긴 더벅머리 선비 놈을 내 가만두지 않겠다. 장비 어디 있느냐? 어서 뇌양현으로 가서 이 못생긴 놈을 잡아오너라."

장비는 그날로 뇌양현으로 떠났다. 도착하자마자 씩씩거리며 방통을 찾는데 소문대로 방통은 방안에서 혼자 술을 퍼마시고 있었다.

"네 놈이 죽으려고 환장했구나! 우리 형님께서 현령을 맡아 백
성들을 잘 보살피라고 했는데 술이나 처먹고 있다니. 오늘이
네 제삿날이다."

방통은 갑자기 장비가 나타나 놀랐지만 그래도 술을 계속 마시
며 태연하게 대답한다.

"이까짓 작은 마을에 할 일이 뭐가 그렇게 있습니까? 그동안
밀려있는 일은 금방 다 처리할 수 있습니다."

방통은 곁에 있는 벼슬아치를 시켜 그동안 들어온 송사와 처리
할 문서들을 모두 가져오라고 했다. 관청으로 나가 송사와 관련된
백성들을 모두 불러들이고 하나씩 처리하는데 지켜보는 사람들이
방통의 지혜로운 판결과 일 처리에 크게 놀라워하였다. 반나절도
안 돼서 몇 달 동안 밀려있던 일들을 모두 처리하자 장비가 크게
놀라면서 방통을 다시 보게 되었다. 아무리 무식한 장비지만 방통
이 공명처럼 지모가 뛰어난 사람이라는 것을 모르지는 않았다.

"방통 선생, 제가 선생께 무례했습니다. 용서해 주시오. 선생처
럼 뛰어난 지혜를 가지신 분이 이런 작은 마을에 계시다니 지
금 바로 저와 함께 떠납시다. 제가 유비 형님께 잘 말씀해 드
리겠소."

장비는 기쁜 마음으로 방통을 잘 모시고 유비에게로 찾아갔다. 유비는 장비가 방통과 함께 온다고 해서 큰 벌을 내리려고 준비하고 있었다. 그러나 장비를 만나 방통에 대한 그동안에 있었던 이야기를 모두 듣자 자신의 실책을 깨닫게 되었다. 방통을 불러들여 이렇게 말했다.

"방통 선생, 이 미련한 비를 용서해 주십시오. 선생처럼 어진 분에게 현령을 맡게 하다니 제가 큰 실수를 했습니다."

방통은 유비가 진심으로 사과를 하자 자신의 정체를 알려주었다.

"주공, 사실 저는 공명과 함께 공부하였던 봉추라고 합니다."

유비는 봉추라는 말을 듣고 크게 놀라워했다.

"아니, 방통 선생께서 봉추라 불리는 현사였다니 오래전 수경 선생께서 저에게 와룡과 봉추 두 사람 중 하나만 얻어도 천하를 얻을 수 있다고 들었는데 이런 크나큰 영광이 이 비에게 주어지다니!"

유비는 이렇게 하여 봉추를 자기 사람으로 얻게 되었다. 방통은 이후 유비군에서 공명과 함께 군사로써 크게 활약하여 서촉을 얻는데 큰 공을 세우게 된다.

사람들은 외모만으로 쉽게 판단하려는 경향이 있는데 이것이 가장 쉽게 실수하는 것이고 가장 크게 잘못하는 것이다. 처음에는 별로 호감이 가지 않더라도 좀 더 대화를 하다 보면 그 사람의 진정성과 깊이를 알 수가 있다. 눈으로 보는 것이 다가 아니다. 진짜와 진실은 마음으로 오랫동안 지켜보아야 한다. 오히려 지나치게 아름다운 것 보기 좋은 것들을 조심해야 한다. 자신의 내면에 거짓이 많을수록 진실되게 포장하는 사람들이 많다. 진실과 거짓은 절대 쉽게 알아낼 수가 없다. 시간이 흘러야 하고 대화를 통해 깊이를 느껴야 한다. 외모의 아름다움은 눈을 즐겁게 하지만 언젠가는 사라지게 되고 내면의 아름다움은 영혼을 영원히 매료시킨다.

한 사람의 마음을 얻는다는 것은 하나의 우주를 품는 것과 같다. 세상에 그저 한 사람에 불과하지만, 그 한 사람으로 인해 세상을 얻을 수도 있다. 한 사람을 대할 때 온 세상 모든 것처럼 대해야 한다. 진심으로 나의 모든 것을 다해 정성을 다해야 한다. 정성은 반드시 사람을 감동시키고 하늘을 감동시킨다. 아무리 사소한 것이라도 소중히 여기고 정성을 다해야 한다.

공자의 제자의 제자였던 자사란 분이 쓴 중용에 이런 말이 있다.

"작은 일도 무시하지 않고 최선을 다해야 한다. 작은 일에도 최선을 다하면 정성스럽게 되고 정성스럽게 되면 겉에 배어 나오고 겉에 배어 나오면 겉으로 드러나고 겉으로 드러나면 이내 밝아지고 밝아지면 남을 감동시킨다. 그러니 오직 세상에서 지극히 정성을 다하는 사람만이 나와 세상을 변하게 하여 큰 일을 할 수 있는 것이다."

긴 문장을 필자가 여섯 글자로 압축 시킨 것이 '소사지성대사성' 이다 작은 일에 지극 정성을 다하면 큰일을 이룰 수 있다는 것이다. 작은 일 뿐만 아니라 작은 사람에게도 정성을 다해야 한다.

절대로 함부로 사람을 판단하지 말고 늘 열린 마음으로 경청하고 존중해야 한다. 세상이 지금보다 더욱더 좋아지려면 세상 모든 사람들이 모든 일에 모든 사람에게 정성을 다해야 한다.

20

손권 인재를 활용한 경청의 달인

    손권은 어린 나이에 오나라 왕이 되었다. 아버지 손견과 형 손책이 일찍 죽어 어쩔 수 없이 기업을 이어받게 되었다. 어릴 때부터 매우 총명하여 손견이 전장에 항상 데리고 다녔고 모사 못지않은 계책을 자주 내었다. 손권의 최대 위기는 적벽에서 벌어진 조조의 백만 대군을 상대로 벌인 싸움이었다. 이른바 적벽대전이다. 손권은 자신의 한계를 느끼고 모사들과 장수들의 의견을 물어 겸손하게 경청하였다. 유비와 동맹을 주선하려 찾아온 제갈공명을 만나 이렇게 말한다.

    "오랫동안 공명 선생의 크신 이름과 재주를 들어왔소. 제가 부족하여 선생의 유익한 가르침을 듣기를 원하니 편하게 말씀해 주시오."

    손권은 공명의 뛰어난 언변에 놀라워하면서 논리적으로 조조군을 상대로 이길 수 있다는 얘길 들은 후 과감하게 유비와 동맹을 맺는다. 손권은 결코 독단적으로 혼자서 결정하지 않았다.

많은 모사들과 장수들을 가까이 불러 정성을 다해 경청한 후 깊이 생각하여 결정했다. 오나라 최고의 전략가인 주유와 상의할 때도 늘 이런 식으로 말한다.

> "대도독 나는 싸움터는 잘 모르오. 부족하지만 많이 가르쳐주시오. 내가 주유 그대를 깊이 믿고 있으니, 전장에서는 모든 것을 경의 뜻대로 하시오."

주유는 손권의 큰 신임을 받고 전권을 가지고 일사불란하게 장수들과 군을 통솔해 조조군을 크게 이겼다. 장수는 자신을 진심으로 믿어주는 사람에게 충성을 다하고 존경하게 되는데 손권은 모든 장수들을 믿어주었고 절대 의심하지 않았다.

> "나에게는 장군들을 의심하는 마음이 털끝만큼도 없으니 부디 마음 놓고 싸우도록 하시오."

장수들은 손권의 말에 더욱 큰 힘을 얻고 죽기 살기로 싸워서 승리를 안겨준다. 오나라가 국력이 3배나 큰 위나라를 상대로 땅한조각도 빼앗기지 않고 오랫동안 수성을 할 수 있었던 힘은 바로 부하 장수들을 믿어주었던 절대적인 손권의 믿음이었다. 위나라와 계속되는 싸움 중에 손권이 조조군의 매복에 당해 달아나는데 주태가 나타나 손권을 구하려 적장과 싸우다 수십 번의 창을 찔리게 되었다. 다행히 주태는 죽지 않았고 무사히 손권을 구해내었다. 손권은 눈물을 흘리며 주태의 상처를 어루만지며 말한다.

"경은 지금부터 나와 한 형제나 마찬가지다. 나의 생명의 은인으로 앞으로 모든 부귀영화를 그대와 함께 누릴 것이고 내가 쓰는 일산을 그대에게 주리라. 늘 이것을 쓰고 다니면서 나와 함께한다고 생각해주시오."

푸른 비단으로 만든 일산은 황제인 손권만이 사용하던 것이었다. 손권이 주태를 아끼는 마음이 이러했다. 손권은 주태의 상처를 하나하나 어루어 만지고 눈물을 흘리며 안타까워했다.

손권은 후에 잘 알려지지 않은 신인장수 여몽과 육손을 과감히 등용하여 위나라를 상대로 크게 승리하는데 그 누구보다 과감하고 결단력이 강했다. 손권은 인재들을 알아보는 눈을 가졌고 적재적소에 배치할 줄 아는 사람이었다. 한번 믿었으면 끝까지 믿어주었고 절대 의심하지 않았다. 진심으로 장수들을 자신의 친형제처럼 대했고 칼을 사용하진 못했지만, 전쟁에 나서면 늘 앞에서 큰소리로 사기를 북돋아 주었다.

자신의 한계를 인정하고 부족한 부분을 모사와 장수들에게서 배우면서 채웠다. 모르는 것은 모른다고 할 줄 아는 리더가 진정한 리더다. 모르면서 아는 체하고 자신의 능력이 부족함에도 불구하고 모든 것을 다 할 줄 아는 것처럼 큰소리치는 리더는 리더가 아니다. 리더는 모든 것을 다 잘할 필요가 없다. 자신에게 부족한 부분을 여러 사람들에게 분담해주어 적재적소에 맞게 지혜롭게 이끄는 능력이 필요하다.

손권처럼 인재를 제대로 알아보려면 고정관념을 버리고 마음의 눈으로 자세히 살펴야 한다. 출신이나 학력을 보는 것이 아니라 그 사람이 과거에 어떤 일들을 하였는지 인성이 어떠한지를 꼼꼼히 살펴야 한다. 그리고 여러 사람들의 평판도 참고해야 한다.

삼국지에서 사람을 평가하는 여러 방법 중에 가장 자주 나오는 이야기가 있는데 바로 부모에게 얼마나 지극정성으로 효도를 잘 하느냐를 보는 것이다. 부모에게 정성을 다해 효도 하는 사람치고 인성이 부족한 사람은 없다. 나를 이 세상에 존재하게 해주신 부모님의 은혜를 모르는 사람은 아무리 능력이 뛰어나도 결코 훌륭한 사람이 될 수 없다. 불효자가 설사 능력이 뛰어나더라도 그 능력은 다른 사람이 아닌 자신의 이익을 위해서만 사용할 가능성이 크다. 인성이 훌륭한 사람은 능력도 정비례한다.

그리고 가까운 형제들과의 관계도 잘 살펴보아야 한다. 수신제가치국평천하 라는 말은 수양을 통해 자신의 마음을 닦아 몸을 바로 세우고 가장 가까운 가족들을 아끼고 사랑하며 잘 보살핀 후 점점 나아가 사회를 위해 국가를 위해 세상을 위해 나아가야 한다는 것이다. 사람의 인성을 알아보는 가장 쉬운 방법은 가까운 사람들과의 관계를 살펴보는 것이다.

분수를 아는 사마의

제갈공명은 위나라의 장안성을 빼앗기 위해 끊임없이 공격하는데 사마의는 아끼는 장수들을 공명의 신출귀몰한 계책으로 인해 모두 잃어버린다. 계속된 패배에 결국 성안에서 나가지 않기로 한다.

"절대 밖으로 나가지 마라! 공명의 계책은 참으로 귀신같구나! 내가 미칠 바가 아니다."

21

마음을 사로잡아야 진짜 이긴 것이다

"적을 일곱 번이나 사로잡았다 놓아 준 일은 예부터 이제껏 한 번도 없던 일입니다. 제가 비록 임금의 덕을 입지 못한 사람이라 하나 예의를 조금은 압니다. 어떻게 그리도 부끄러움을 모르는 짓을 할 수 있겠습니까?"

제갈공명에게 맞서 싸우다 일곱 번을 잡히고 나서 다시 한 번 풀어준다는 말에 남만왕 맹획이 이렇게 말한다. 드디어 진정어린 마음으로 제갈공명에게 항복한 것이다.

맹획은 남만의 왕으로서 유비의 촉나라가 위와 오 두 나라를 상대로 치열하게 싸우는 틈을 타 수시로 촉의 여러 마을을 침범하고 약탈하였다. 제갈공명은 위와 오를 치기 전에 남쪽 지역부터 온전히 평정해야 한다는 전략을 세우고 조운과 위연 두 장군과 함께 출전한다.

첫 번째 싸움에서 제갈공명은 치밀한 계획으로 맹획의 수많은 부하를 사로잡았는데 그들 모두에게 술과 따뜻한 밥을 먹여주고 보내준다. 죽을 줄 알았던 부하들이 공명의 큰 은혜에 깊이 감동해 울며 절하고 다시 맹획에게 돌아가지만, 다시 싸우고 싶은 마음이 남아 있지 않았다. 그 결과 다음 싸움에서 맹획은 쉽게 잡힌다. 제갈공명 앞에 무릎 꿇은 채 잡혀 와 항복하겠느냐는 물음에 조금도 굽히지 않고 오히려 큰소리로 당당하게 소리친다.

"나는 대대로 이 땅에서 자라고 살아왔다. 너희가 무례하게 우리 땅을 침범했는데 어찌 싸우지 않겠는가? 재수가 없어 이렇게 네 손에 잡힌 것인데 어찌 마음속까지 네게 항복하겠는가?"

그래도 한 나라의 왕으로서 지도자다운 기개를 가지고 있었다. 공명은 출전하기 전부터 맹획의 마음을 사로잡아 내 사람으로 만들고 싶었다. 절대로 기가 꺾이지 않는 맹획을 지켜보다 맹획을 묶은 밧줄을 풀어주고 보내준다. 모든 장수들이 힘들게 잡았는데 왜 놓아주냐고 묻자 이렇게 대답한다.

"내가 저를 사로잡기는 주머니에 든 물건을 꺼내는 것이나 다름이 없다. 그가 마음으로 항복해야만 이 땅이 온전히 평정될 것이니. 나는 그때까지 기다리겠다."

풀려난 맹획은 다시 군사를 모으고 싸우러 오지만 공명의 지혜를 이기지 못하고 정말 주머니에서 물건 꺼내듯 계속 잡힌다. 한두 번도 아니고 무려 일곱 번이나 전쟁에 지고 사로잡힌 것이다.

공명은 사로잡은 적장수들과 부하들을 부드럽고 따뜻하게 대하고 다시 보내주는 계책을 사용했고 풀려난 장수들은 은혜에 대한 보답으로 맹획을 사로잡아 데려오기도 하였다. 결국, 일곱 번째 싸움에서도 공명에게 사로잡힌 맹획은 그때서야 드디어 마음으로 항복하게 된다.

적장을 사로잡고 놓아준다는 것은 평범한 장수에게는 도저히 상상할 수 없는 일이다. 이 일화를 통해서도 공명이 얼마나 위대한 인물인지 잘 알 수 있다. 공명은 더 크게 더 멀리 앞을 내다보고 계책을 사용한 것이다. 당장 남쪽 지역을 물리적으로 평정한 후에 다시 위와 오를 상대로 싸우다 보면 또 반란을 일으킬지도 모르고 그러다 보면 앞뒤로 막혀서 대업을 이루기가 힘들 거라 판단한 것이다. 온전히 내 사람을 만들어야만 나를 도와주어 삼국을 통일시킬 수 있을 거라 믿었고 결국 그의 바람대로 이루어졌다. 적을 이기는 최고의 방법은 적을 친구로 만들어야 한다. 제갈공명은 맹획을 적이 아닌 친구로 만들어 진정한 승리를 한 것이다.

직장에서 사장이 부하들에게 권위와 힘으로 지시하여 움직이게 하는 것은 더 이상 통하지 않는 시대가 되었다. 공명처럼 부드럽고 따뜻하게 마음을 포용하는 리더십을 보여주어야 한다.

몸을 사로잡는다고 해서 마음이 오는 것이 아니다. 마음을 온전히 사로잡으면 몸은 저절로 오게 되어 있다. 연인이든 부부든 친구든 모든 인간관계에서 가장 중요한 것은 상대방의 마음을 사로잡는 것이다. 맹획처럼 쉽게 사로잡히지 않고 시간이 오래 걸리더라고 참고 이해해주며 기다려주면 반드시 세상은 나에게로 올 것이다.

22

제갈공명이 두려워한 젊은 장수 강유

강유는 위나라의 중랑장으로 제갈공명과 맞서 지략을 펼쳤던 장수였다. 부친이 전쟁 때 싸움터에서 죽어 아비 없이 자랐으나 어릴 때부터 많은 책을 읽었다. 특히 병법을 좋아했고 무예도 매우 뛰어났다. 거기에 홀로 계신 어머니를 위해 지극 정성을 다해 효도하니 마을 사람 모두가 그를 좋아하고 따랐다.

공명이 위나라 성을 차지하려던 어느 날 강유가 나타나 공명의 계책을 미리 간파하여 오히려 촉을 물리친다. 공명은 자신의 계책을 알아챈 것에 대해 크게 놀라워한다.

"어떤 사람이 내 깊이 숨긴 계책을 알아차렸단 말인가? 대체 누구였소?"

공명은 적이지만 강유를 미워하지 않았고 어떻게든 항복을 시켜 자신의 장수로 만들고 싶었다. 공명이 사용했던 여러 계책 중 사람의 심리를 이용한 계책이 많았는데 공명은 강유의 효심에 관한 이야기를 들었다. 가장 먼저 강유의 어머니가 있는 곳으로 군사를 보냈다. 한참 공명을 상대로 싸우던 강유는 어머니를 구해야 한다는 한 가지 생각만으로 전투 중 집으로 달려간다.

그사이 공명은 위나라 장수들과 부하들에게 강유가 촉에 항복했다는 거짓 소문을 퍼뜨린다. 거기다 강유와 비슷한 사람을 찾아내 강유로 변장하게 한 후 위나라 성 앞에서 촉나라에 항복하여 싸우러 왔다고 시켰다.

후에 진짜 강유가 위나라 성으로 들어가려 할 때 성문이 열리지 않고 오히려 하늘에서는 화살이 비처럼 쏟아졌다.

"나라를 등진 역적 놈아 네 어찌 감히 나를 속여 성을 뺏으려 드느냐? 나는 이미 네가 촉군에게 항복한 걸 알고 있다!"

강유는 억울했지만 어쩔 수 없이 위와 촉 두 나라 장수들에게 쫓기어 갈 곳 없는 신세가 된다.

막다른 길에 나타난 공명은 제자를 타이르듯이 얘기한다.

"여기까지 왔는데 어찌 빨리 항복하지 않고 있는가?"

삼국지에서 나오는 권모술수를 알게 되면 상대방을 이길 수가 있고 그러한 계책을 미리 알고 당하지 않을 수 있다. 공명은 권모술수에 매우 뛰어난 사람이었다. 사람의 심리를 너무나도 잘 꿰뚫어 보았다. 적을 알고 나를 알면 백전백승이란 말이 괜히 나온 것이 아니다. 공명은 언제나 싸우는 상대방에 대해 완벽한 정보를 수집하였다. 어떤 사람에 대해 알 수 있는 가장 좋은 방법은 그가 어린 시절부터 어떻게 살아왔는가를 살펴보는 것이다. 공명이 사용한 계책처럼 상대방이 가장 두려워하는 것 아끼는 것을 파악하여 교묘하게 꾸며 적진에 내분을 일으킬 수 있다. 화살 한 대 사용하지 않고도 쉽게 이길 수 있는 가장 좋은 방법은 적들끼리 서로 싸우게 하는 것이다. 이러한 계책에 당하지 않는 유일한 방법은 서로가 서로를 마음 깊이 신뢰하는 것이다. 위나라 장수들은 강유에 대한 신뢰가 전혀 없었다. 너무나 쉽게 강유가 배신했다고 믿었다. 사람을 한번 믿으면 끝까지 믿어주는 것도 중요하다. 특히 과거의 행동을 잘 살펴보면 어떤 사람인지 알 수 있다. 믿었다면 그가 어떤 말을 하든 어떤 행동을 하든 쉽게 판단하지 말고 천천히 깊이 오랫동안 생각하여 왜 그런 행동을 하였는지 알아보아야 한다. 위나라 장수들은 거짓으로 분장한 강유에게 속아서 결국 훌륭한 장수이자 전략가를 잃는다. 반면에 공명은 자신의 계책을 알아차린 적의 장수를 훌륭하게 여기어 결국 마음까지 사로잡는다. 포승줄에 묶여온 강유를 적이 아닌 제자처럼 따뜻하게 대하며 공손히 예를 갖추었다.

"지금까지 내 평생 배운 바를 전하고 싶은 이가 없었는데 오늘에서야 만나 그 원을 풀게 되었소."

장수는 자기를 알아주는 사람을 위해 목숨을 바친다고 했다. 적이지만 자신을 진심으로 높이 여기어 알아주었기에 마음으로 진정으로 항복하였다. 그 후 공명을 위해 촉나라를 위해 목숨을 다해 싸워 대장군이라는 장수로써 최고의 직책을 맡게 된다.

사람을 올바로 알아볼 수 있는 눈을 가지려면 최대한 많은 사람들과 만나 함께 일하고 이야기하며 경험을 쌓아야 한다. 그리고 삼국지에 나오는 다양한 인물에 관한 공부를 하는 것이 좋다. 사람의 성격은 간단히 4가지 혈액형으로 구분하기도 하고 MBTI처럼 16개로도 알아볼 수 있는데 아무리 많아 봐야 100여 가지가 되지 않는다. 삼국지에 나오는 인물에 대하여 한 사람 한 사람 성격을 알고 이 사람이 왜 이렇게 행동했을까 왜 저런 말을 하는가? 란 생각을 하면 지금 내 주변에 있는 사람들과 앞으로 만날 사람들에 대해서 좀 더 쉽게 성격을 알 수 있을 것이다. 아무리 시대가 흘렀어도 천 년 전에 살았던 사람들의 성격과 지금 사람들의 성격이 크게 다르지 않다. 삼국지를 읽다 보면 나와 비슷한 사람과 내 주변에 비슷한 사람을 반드시 찾을 수 있을 것이다.

23

맹달 자만으로 거사를 그르치다

맹달은 원래 유비가 서천을 얻을 때 공을 세웠던 서촉의 장수였다. 서촉을 얻은 후 유비의 신임을 얻어 상용성 태수로 있던 어느 날 관우가 위기에 빠졌다는 소식을 전해 듣는다. 관우의 부하 요화가 찾아와 관공의 위급을 알리고 군사를 내어 도와달라고 했지만, 군사가 부족하다는 거짓말로 모른 체한다. 결국 관우는 오와의 전쟁에서 지고 목숨을 잃게 되는데 이러한 경위를 안 유비는 맹달을 죽이려고 계책을 세운다. 맹달은 쫓기고 쫓기다 결국 위나라에 항복하고 위나라의 태수가 된다. 맹달이란 인물은 의리나 대의라는 것이 원래 없었다. 오직 자신의 이익을 위하여 철새처럼 이곳저곳을 떠돌아다녔다.

위나라왕 조비는 그러한 성향의 맹달이 찾아오자 거짓 항복을 한 것이 아니냐는 의심이 들었다.

"네가 이렇게 온 것은 거짓 항복으로 나를 헤치려 함이 아니냐?"

"결코, 아닙니다. 신이 전에 관우의 위태로움을 구해주지 않아서 한중왕 유비가 저를 죽이려 하기에 이곳에 찾아온 것입니다. 부디 너그럽게 거두어 주십시오."

관우가 죽게 된 결정적인 이유는 맹달의 시기심과 자신의 출세욕 때문이었다. 관우가 죽고 나면 자신에게 더 큰 중책이 맡기어질 거라 생각했지만 결국 모든 진실을 알게 된 유비에게 발각되어 죽음의 문턱까지 갔다가 겨우 살아서 위에 투항했다. 위나라에 가서도 아첨과 거짓된 술책으로 태수가 되었지만 역시나 철새 같은 병이 또 생겨났다.

공명이 대군을 이끌고 위나라를 친다는 소식을 듣고 이때가 자신의 출세 영욕을 위한 절호의 기회라 판단하여 위나라로 투항할 때 함께 데려온 두 장수와 함께 다시 촉으로 가려 하였다. 자신이 지키고 있는 상용성과 금성 신성을 모두 촉에게 바치고 함께 위나라에 낙양성을 치자고 공명에게 전갈을 보낸다.

공명은 매우 기뻐했으나 위나라 최고 지략가 사마의가 맹달의 배신에 대한 증거를 미리 알아채게 된다.

공명은 맹달에게 사마의가 맹달이 지키고 있는 상용성으로 갈

수도 있으니 잘 방비하고 준비하라고 급하게 서신을 보냈지만 맹달은 오히려 공명이 겁이 많다고 걱정하며 자만에 빠진다.

"공명은 걱정이 많은 사람이라고 하던데 정말 그렇구나. 이제 이 글을 읽어보니 그 말이 거짓이 아님을 알겠다."

맹달은 사마의가 자신의 배신을 알고 쳐들어온다고 해도 거리가 천이백 리나 떨어져 있고 자신의 모반을 안다 해도 위왕에게 표문을 올려 출정하려면 아무리 못해도 한 달은 걸릴 거라 여기어 여유가 많다고 믿었다.

이것이 맹달의 가장 큰 오판이었던 것이다. 사마의는 맹달의 모반에 대한 증거로 공명이 맹달에게 보낸 사신을 붙잡고 위왕에게 표문도 올리지 않고 병사들을 재촉하여 밤낮으로 쉬지 않고 맹달을 치러 떠났다. 맹달과 공명이 손을 잡으면 위나라는 끝이 난다는 생각에 반드시 맹달부터 사로잡아야 한다고 생각한 것이다.

공명은 이러한 사마의 의중을 미리 읽고서 급하게 전갈을 보냈지만 맹달이 무시한 것이다.

"만약 사마의가 맹달이 모반하려 함을 안다면 결코 열흘을 넘기지 않고 먼저 그에게로 들이닥칠 것이다. 한 달을 믿고 마음

놓고 있는 맹달에게 어찌 손쓸 틈이나 있겠는가!"

옆친 데 덮친 격으로 촉에서 함께 데려온 두 장수 신의와 신탐이 맹달을 배신하여 사마의에게 모든 것을 알리고 사마의가 도착하자 함께 연계하여 맹달을 친다. 의리나 정이 없이 구성된 조직에서 흔히 볼 수 있는 사례다.

맹달은 믿었던 부하 장수에게 바로 옆에서 한창에 찔려 말 아래 떨어져 죽는다. 너무나 뻔한 의롭지 못한 자의 볼품없이 초라한 최후였다. 자식은 부모의 영향을 가장 많이 받고 학생은 선생의 가르침에 큰 영향을 받고 부하직원은 상사의 행동을 보고 그대로 따라 하는데 이는 너무나 당연한 것이다. 사람은 누구나 보고듣고 배운 대로 행동하고 말하고 영향을 받게 된다. 의리 없는 사람에게는 의리 없는 사람이 따르게 마련이고 배신자는 배신자가찾아오게 되고 사기꾼은 사기꾼끼리 만나 나쁜 일을 도모한다. 삼국지에 유비, 관우, 장비 삼형제의 의리를 만인들이 가장 좋아하고부러워하는 이유가 바로 여기에 있다. 대의와 의리를 위한 집단이나 조직은 어떠한 중상모략과 간교한 계책도 통하지 않는다.
　맹달이란 인물을 통해서 자만이 얼마나 위험한 것인가를 다시한 번 깊이 깨닫게 된다. 손자병법에 적이 생각하지 못한 곳을 친다. 라고 있는데 맹달은 사마의가 자신에게 찾아오리란 예측을 전혀 하지 못했고 오더라도 이길 수 있다는 자만으로 결국 보잘것없는 죽음을 맞게 되었다. 자신감과 자만은 크게 다른 것이다. 자신감은 할 수 있다. 해낼 수 있다는 긍정적인 마음가짐이지만 자만은 나 아니면 못 한다, 나밖에는 할 수 없다고 여기어 자신만이 최고라고 생각하는 것이다. 진짜 자신감이 있는 사람은 혼자서 해내려고 하는 마음보다 여럿이 함께 힘을 모아야 한다고 믿고 행동한다. 진정한 자신감은 내가 부족하다는 것을 알기에 더 노력하고 더 최선을 다하려고 한다. 자신감 있는 사람은 겸손함을 가지고 있고 자만하는 사람은 겸손함이 없다. 자신감 있는 사람은 늘 배우려고 하고 경청하려 노력한다. 모든 사람들이 자신을 높이 여기어 자신 스스로 나는 최고다란 마음을 가지고 살아야 하지만 결코, 나 혼자만 최고는 아니라는 생각을 가져야 한다. 공명은 사마의를 자신의 최대 라이벌로 여겼고 늘 질 수도 있다는 마음에 더 철저한 계책을 세우고 준비했지만 맹달은 오직 자신만이 최고라는 헛된 믿음으로 풀잎에 맺힌 이슬처럼 사라졌다. 자만을 버리고 진정한 자신감을 가져야 한다. 아무리 힘든 역경과 시련 앞에서도 할 수 있다는 믿음으로 대의와 의리로 뭉쳐 진실한 마음으로 행동하면 태산도 뚫을 수 있고 큰 바다도 메울 수 있을 것이다.

하후돈 왼쪽 눈을 삼키다

조조가 가장 아끼는 하후돈은 적장 고순과 마주쳤다. 맹장으로 유명한 하후돈에게 고순 따위는 아무것도 아니었다. 수십 합이 오가는 동안 고순은 더 이상 버티지 못해 도망치고 하후돈은 말을 박차며 뒤를 쫓는다. 이때 멀리서 고순의 부하장수 조성이 하후돈에게 화살을 날린다. 화살은 공교롭게도 하후돈의 왼쪽 눈을 맞혔다. 하후돈은 분노의 고함을 크게 지르더니 손으로 화살을 뽑아낸다. 화살에 박혔던 눈알까지 뽑혀 나오자 이렇게 말한다.

"이 눈은 내 아버지와 어머니의 피로 만들어진 것이다. 내 어찌 버릴 수 있겠느냐?"

그런 후 눈알을 씹어 삼킨 뒤 다시 창을 들고 자신에게 활을 쏜 조성에게로 그대로 달려가 한칼에 몸을 베어버린다.

24

제갈공명 울면서 마속의 몸을 베다

사마의가 촉과의 전투에서 매우 중요한 요충지인 가정을 차지하려고 우장군 장합을 선봉으로 대군을 이끌고 온다.

"제갈량은 내가 가정의 길을 끊어버리면 군량을 가져올 길이 없어 농서 일대를 편안히 지킬 수가 없을 것이오."

이때 제갈공명은 세작을 통해 사마의가 가정으로 오고 있다는 이야기를 듣고 다급하게 좌우를 둘러보며 물었다.

"사마의가 관을 나왔다면 틀림없이 가정을 차지해 우리의 숨통 같은 길을 끊어놓을 것이다. 누가 군사를 이끌고 가서 가정을 지키겠는가?"
"제가 가보겠습니다."

대답한 사람은 제갈공명이 평소 자식처럼 남달리 아끼는 마속이었다. 마속은 어릴 때부터 많은 병법을 읽었고 스스로 병법의 대가라는 큰 자부심을 가지고 있었다.

"어려서부터 병서를 많이 읽어서 가정 한 곳쯤은 쉽게 지킬 수 있습니다."

마속의 자신감 있는 대답에도 공명은 마음이 놓이지 않았다. 가정이 비록 작은 땅이나 군사가 오가는 길목으로서 촉에게는 너무나 중요한 곳이었기 때문이다. 가정을 잃어버리면 대군을 잃고 전투에서 패배한다고 생각했다. 마속이 비록 병서를 많이 읽고 꾀가 많다는 것을 알았지만 흔쾌히 허락하지 않았다.

"사마의는 쉬운 상대가 아니다 거기다 장합은 오래전부터 전장에 참여해서 많은 공을 세운 위나라의 명장이다. 그대가 이기지 못할까 매우 걱정스럽구나."

공명의 대답을 들은 마속은 오히려 위축되지 않고 더 오기를 부려 어떻게든 자신이 출정하려고 엄청난 것을 걸며 다짐한다.

"저에게 사마의, 장합 따위는 조금도 두렵지 않습니다. 만일 제가 실수한다면 제 목을 베서도 절대 원망하지 않겠습니다. 많은 장수와 군사들 앞에서 군령장을 쓰고 떠나겠습니다."

공명은 마속이 이렇게까지 나오자 그를 믿지 않을 수 없었다.
그래도 혹시나 모를 실패에 대비하여 오랫동안 부리던 믿음직하
고 신중한 왕평과 함께 떠나도록 했다.

마속과 왕평이 가정에 도착한 후 진채를 세우려고 주변을 살펴
보던 중 왕평은 적이 지나칠 수 있는 길목에 진채를 세우자고 하
고 마속은 산 위에다 진채를 세우자고 하였다. 왕평은 길 곁에 군
사를 두고 성벽을 쌓으면 적병 십만이 와도 지나갈 수 없다고 여
러 번 마속을 설득하려 길목에 진채를 세워야 한다고 주장하였
다. 하지만 마속은 높은 데서 아래를 향해 싸우면 좋다는 것이 병
법에 쓰였다고 말하며 산 위에서 적들에게 에워싸이면 오히려 군
사들이 죽기 살기로 싸워 이길 수가 있다고 주장하였다. 마속은
왕평에게 자신의 명령에 무조건 따르라고 큰소리를 쳤다. 마속은
실전 경험에 바탕을 두지 않고 오직 병서에만 의존해서 진채를 세
운 것이다. 왕평은 오랫동안 공명을 따라 전장에서 수없이 많은
진채를 만들어본 경험이 있었다. 마속이 잘못된 판단을 했다고 여
겨 공명에게 급하게 가정 주변에 지형 그림과 마속이 하려던 계책
을 서신으로 보낸다.

왕평이 보낸 편지를 읽은 공명은 너무 화가 나서 주먹으로 탁

자를 치며 크게 탄식한다.

"아! 마속이 내 군사들을 모두 죽음의 구덩이로 쓸어 넣었구
나!"

공명은 사마의가 어떻게 공격해 올지 너무나 잘 알고 있었다.
분명히 사방으로 에워싸고 물을 끊어버리고 불을 지를 것이라 여
겼는데 역시나 사마의는 공명의 추측대로 그대로 산위에 있는 마
속을 상대로 그러한 계책으로 대승을 하였다.

결국, 위나라를 치는데 전략적으로 가장 중요한 가정을 뺏기게
되고 대군을 잃게 되었다. 마속은 불길 속에서 여러 장수들의 도
움을 받아 간신히 살아서 공명에게 왔다. 죽을죄를 지은 것은 알
았는지 스스로 자신의 몸을 밧줄로 묶어 무릎을 꿇고 말한다.

"실로 죽음을 면하기 어려운 죄를 지었으니 군령장에 쓴 대로
처분해주시기 바랍니다."

공명은 화가 난 만큼 불쌍하다는 생각도 들었다. 그동안 자식
같은 마음으로 대하고 가장 믿고 아끼던 사람인지라 마음이 무거
웠다. 하지만 다른 장수들과 군사들의 사기를 위해서 앞으로 이러
한 일들이 다시 생기지 않게 하려면 군령장대로 해야만 된다는 것

을 그 누구보다 깊이 느꼈기에 두 눈에 흐르는 눈물을 닦으며 결국 마속을 목 베라고 명한다.

읍참마속이란 고사성어가 바로 여기에서 유래되어 지금까지 수많은 사람들의 입에 오르내리고 있는 것이다. 어느 은행장이 자신의 좌우명이 읍참마속이라고 신문 인터뷰에서 말한 것을 본 적이 있다. 실제로 많은 직장인과 공무원들이 이 말을 삶의 지침으로 여기며 살아가고 있다. 1800년이란 시간이 흘렀지만, 여전히 지금 시대에도 가장 중요한 가치 중 원칙과 정의가 있다. 내 스스로 다짐했던 것을 반드시 지켜야 한다는 믿음과 그 믿음을 그대로 행동으로 옮기는 것 그리고 그것을 지키지 못했을 때는 반드시 그에 따른 대가를 치러야 한다. 대한민국 사람들은 다른 나라보다 유난히 정이 많은 거 같다. 부부간에도 매일 싸우면서도 정 때문에 헤어지지 못한다고 하고 직장에서도 비리를 저질러도 정 때문에 없던 일로 하기도 하고 특히 공무원 사회에서는 금품과 향응을 받고 나서 이 정도의 혜택은 주어 야지란 생각을 하기도 한다. 정치권에서는 특히 이러한 잘못된 정 문화가 고질적인 병폐로 자리 잡았다. 아직도 선거 때 음식을 대접하고 선물을 보내주어 표를 받으려고 하고 잘 아니까 친하니까 내가 이렇게 해주었으니 당연히 나에게도 돌아오겠지란 잘못된 가치관으로 비리를 저질러 법을 무용지물로 만들어 버린다.

마속은 제갈공명이 가장 아끼던 부하였고 자식처럼 대했던 사람이었다. 공명의 위치에서는 얼마든지 살려줄 수 있었고 실제로 여러 장수들이 살려달라고 했지만, 원칙을 위해서 정의를 위해서 대의를 위해서 눈물을 흘리며 세상에 자신의 가치관이 이렇게 중요한 것이라고 눈으로 보여준 것이다. 지금 특히 가장 안타까운 것은 법조계이다. 수십 년 전부터 유전무죄 무전유죄라는 말이 돌아다니고 있는데 시간이 가면 갈수록 더 많은 사람들이 특히 서민들이 이 말을 자주 사용하고 있다. 돈 있는 사람들 권력 있는 사람들 많이 배운 사람들은 똑같은 잘못을 저질러도 죄가 가벼워지고 오히려 더 큰 죄를 지었어도 쉽게 용서가 되고 감형이 되고 사면이 되고 풀어줘 버린다. 판사가 제갈공명처럼 눈물을 흘리며 정의롭게 재판할 수 있어야 세상이 변할 것이다. 대통령이 눈물을 흘리며 측근이 잘못했을때 공정하게 법대로 처리하면 세상이 지금보다 더 좋아질 것이다. 그래야 힘들게 하루하루 정의와 원칙을 지키며 살아가는 사람들이 최소한 법에는 모든 사람들이 공평하다는 믿음으로 더 힘을 내고 더 착하게 더 성실하게 살아갈 것이다.

태양을 향해 쏘고
달을 향해 나아가라

25

제갈공명을 막은 학소

신출귀몰한 계책을 가진 공명에게도 뼈아픈 실패를 안겨준 사람이 있었다. 공명은 촉나라 후주에게 장엄한 출사표를 올린 후 위나라를 치려고 10만 대군을 이끌고 쳐들어갔다. 도중 진창성을 차지하려고 공격하는데 그곳의 장수인 학소에게 막혀 실패한 것이다. 놀라운 것은 학소의 군사는 겨우 3000명밖에 되지 않았다는 것이다. 공명은 너무 쉽게 차지할 수 있다는 생각으로 처음에는 위연 한 장수만 보냈다가 실패하자 나중에는 모든 장수들과 자신도 직접 나서서 온갖 계책을 내어 싸우는데도 불구하고 번번이 실패하고 만다.

결국, 싸우지 않고 이기는 것이 최고의 계책이라 여겨 도중 촉 군에서 학소와 어린 시절 친구였던 사람을 찾아 보내어 항복을 요구했는데 학소는 오히려 친구를 죽이려고 하였다.

"제갈량은 우리 위나라의 원수인데 어찌 나에게 항복을 권하는가? 지난날은 형제처럼 지냈으나 지금은 서로 적이 되었으니 내 앞에서 사라지지 않는다면 자네를 죽일 수밖에 없네! 어서 빨리 이 성을 나가게."

학소는 사사로운 정보다 대의를 더 크게 여겼던 장수였던 것이다. 공명은 싸우지 않고 옛정에 의지해 쉽게 성을 빼앗으려 했지만, 뜻대로 되지 않아 결국 모든 무기를 총동원하게 된다. 구름사다리 100대를 세워서 널빤지로 군사들의 몸을 가리게 하여 성벽에 세우려 하자 학소는 불붙은 화살을 쏘아 모두 태워버렸다. 공명은 또다시 성문을 부수는 충차를 앞세우고 사방에서 공격했지만 학소는 큰 돌에 구멍을 뚫어 칡으로 만든 밧줄을 사용해 충차를 향해 날려 모두 부숴버렸다. 공명은 마지막 계책으로 성 밑으로 땅굴을 파서 들어가려고 했지만 학소는 이번에도 그걸 예상하고 성 안에서 구덩이를 깊게 파서 촉군이 들어오자 쉽게 발각하여 모두 쳐부수었다. 결국 공명은 그 작은 성을 십만 대군으로도 차지하지 못하였다.

성의 크기가 중요한 게 아니라 누가 그 성을 지키고 있느냐가 진짜 중요한 것이다. 리더의 힘이 이처럼 무서운 것이다.

리더십은 말로 하는 것이 아니라 몸으로 행동으로 보여주는 것이다. 아랫사람을 따르게 하려면 자신의 뜻을 올바르게 세우고 그 어떤 사사로운 일에 흔들리지 않고 굳건히 지켜야 한다.

학소의 용맹함은 철저하게 계획된 준비에서 나온 것이다. 비록 작은 성이지만 높은 성벽에 의지하여 적이 올라오지 못하게 하고 성문을 뚫지 못하게 하고 땅 밑으로 들어오지 못하게 한다면 십만 대군도 막을 수 있다고 믿은 것이다. 작은 길목에서 백만 군사를 막을 수 있는 것처럼 아무리 작은 성이라도 방어만 잘하면 수십만을 상대로도 이길 수 있다.

월남전에서 베트남을 상대로 미국뿐 아니라 전 세계 여러 나라가 싸웠지만 결국 실패하여 물러났다. 베트남 사람들은 무기는 없었지만 국민들 모두 독립에 대한 강한 의지가 있었다. 명확한 대의와 명분을 가지고 싸운 것이다. 하지만 미국과 다른 나라 군인들은 자신들이 왜 싸워야 하는지도 모르고 그저 위에서 시키는 대로 싸우다 보니 막강한 무기와 더 많은 병력이 있었는데도 질 수밖에 없었다.

아무리 작은 성 작은 나라라도 모든 사람들이 한 마음으로 뭉치고 위대한 리더가 있으면 그 어떤 적도 막을 수 있다. 대한민국의 크기는 진창성처럼 매우 작지만 학소처럼 위대한 리더가 있으면 그 어떤 나라도 침범할 수가 없을 것이다. 지금의 전쟁 대응방식은 방어보다 공격을 더 중요시 여기어 실제로 공격용 무기를 더 많이 갖추려고 노력하는데 공격용 무기를 만드는 비용 보다 방어용 무기를 갖추는 것이 훨씬 더 적은 비용이 들 수 있다.

학소가 돌덩이로 충차를 부수고 화살로 구름사다리를 부순 것처럼 적은 비용으로 충분히 공격용 무기를 막을 수 있다. 최첨단 과학기술을 활용해서 방어형 무기를 더 많이 갖추게 되면 군인들도 지금처럼 많을 필요가 없을 것이다. 방어형 전략은 적의 미사일이 땅에 떨어지지 못하게 하고 적의 군인들이 들어오지 못하게 하는 것이다. 이것을 가장 우선순위 국방정책으로 삼아야 한다. 폭탄이 우리 쪽에 떨어지면 우리도 똑같이 폭탄을 사용하는 맞대응 식은 둘 다 죽을 수 있지만, 방어형 전략 시스템으로 구축하면 양쪽 모두 살 수가 있다. 전파를 사용하여 교란을 시키거나 강력한 자기장으로 밀어내거나 공중요격을 할 수도 있고 다양한 방법으로 연구하면 핵무기도 막아낼 방어형 시스템을 완성할 수 있다.

가장 중요한 것은 인식에 전환이다. 우리가 방어형 전략 시스템으로 더 중점을 두게 되면 그에 따른 여러 방안이 반드시 나올 것이다.

군인들도 일반 군인들보다 소수의 특별 최고 정예군을 더 많이 훈련시켜 유사시에 적의 중요한 지역에 침투해 핵심적인 시설이나 무기를 파괴하여 공격을 할 수 없도록 막아야 한다. 군인들 숫자가 많다고 이기는 것이 아니라 특별 훈련을 받은 최고 정예군인 한 명이 핵무기를 파괴하여 적의 공격을 원천봉쇄 시킬 수도 있다. 일당백이라는 말처럼 한 사람의 뛰어난 군인이 100명 1000명의 일반 군인보다 더 큰 능력을 발휘할 수 있다.

비록 학소가 공명을 상대로 오래전에 싸워 이겼던 전략이지만 학소뿐 아니라 그 시대에 가장 뛰어났던 전략가인 공명 사마의 또

한 몇 백 년 전에 병법을 사용하여 전쟁에 승리하였다. 시간이 오랫동안 흘렀지만, 무기가 달라졌지만, 옛 병법에서 반드시 배울 것이 있고 그 병법대로 하면 이길 수 있다.

다잡은 사마의를 놓친 제갈공명

공명은 사마의를 잡기위해 장수들에게 명하여 군사들을 골짜기에 매복시키고 입구를 막아 불을 지를 수 있게 준비시켰다.
위연은 공명이 시킨 대로 사마의에게 거짓으로 싸움에 밀리는척하여 골짜기로 유인하였고, 사마의가 군사들과 골짜기로 들어오자 입구를 막고 불을 질렀다. 사마의는 두 아들과 함께 불에타 죽는 줄 알았는데 갑자기 하늘에서 소나기가 내려 살아서 도망친다. 공명은 사마의가 죽지 않았다는 얘기를 듣고 이렇게 말한다.

"진인사대천명, 일은 사람이 꾀하지만 이루는 것은 하늘이구나."

26

사마의 대도독을 사양하다

나에게는 좋은 일이 누군가에게는 싫어하는 일이 될 수 있고 나에게 좋지 않은 일이 누군가에게 좋은 일이 될 수 있다.

적을 만들지 않는 것이 최고의 처세인데 가장 좋은 방법은 늘 겸손하게 몸가짐을 하고 말을 하는 것이다. 세상에는 누군가가 잘되면 그것을 못마땅하게 여기어 시기하고 질투하고 미워하며 심지어는 훼방을 놓는다. 사마의는 이러한 것을 그 누구보다 잘 알고 있었고 그에 따른 처세를 통하여 위나라에서 오랫동안 권세를 누릴 수 있었다.

젊은 시절부터 능력이 뛰어나서 많은 사람들에게 질투를 받은 결과 간신배들의 모함을 받아 모든 관직을 빼앗기고 귀양살이를 했던 경험이 있어서인지 그 이후로 조심하고 또 조심하며 자신의 능력을 지나치게 내세우지 않으려 늘 신경 쓰면서 살았다.

촉나라의 제갈공명이 대군을 이끌고 오와 연합하여 쳐들어온다는 말을 전해들은 위주는 누구에게 군을 통솔하여 막을 수 있을까? 고민하던 중 사마의의 계책을 듣고 나서 이길 수 있다는 기쁨에 그 자리에서 군 최고사령관의 자리인 대도독으로 삼으려고 한다. 하지만 이미 대도독은 같은 조 씨 집안의 어른인 조진이 맡고 있었다. 조진에게는 미리 통보도 하지 않고 섣불리 사마의를 대도독으로 삼은 것이다. 위주는 아무렇지도 않은 듯 주위 신하들에게 어서 조진에게 가서 대도독을 상징하는 총 병장인을 가져오라고 시킨다.

사마의는 분명 평소 조진의 성품으로 보아 크게 화를 내고 일이 순탄치 않을 것임을 간파하여 조진에게로 가는 신하를 막고 자기가 대신 가져오겠다고 한다.

조진은 그 때 몸이 좋지 않아 집에서 누워 있었다. 사마의는 문병을 온 사람처럼 자연스럽게 방문하였다.

"몸은 괜찮으신지요? 어서 빨리 쾌차하시길 마음 깊이 빌고 있사옵니다. 촉나라를 막을 수 있는 분은 대도독 밖에 없을 것입니다."
"무슨 소리요? 촉이 쳐들어오고 있단 말이요?"
"네. 지금 동오와 힘을 합처 수십만 대군을 이끌고 쳐들어오고 있습니다. 이미 기산까지 나와 진채를 벌이고 있습니다."

"아니, 나라가 그토록 위급한데도 어찌하여 중달을 도독으로 삼아 촉병을 물리치게 하지 않는 것이오?"

"저는 재주가 적고 아는 것이 없어 감히 그런 자리를 감당하지 못합니다."

사마의가 본심을 숨기고 겸손을 보여주자 보다 못한 조진이 좌우를 보고 소리쳤다.

"어서 대장인을 가져다가 중달에게 드려라."

"제가 어찌 대도독이 될 수 있겠습니까? 저는 다만 대도독의 한 팔이 되어 돕고자 이렇게 찾아온 것입니다."

사마의는 더욱더 자신을 낮추며 사양했다.

"무슨 소리요, 한시라도 빨리 나라의 대도독을 세우고 촉을 막아야 하오 내가 지금 병든 몸이지만 천자를 찾아뵙고 중달을 대도독으로 천거하겠소!"

사마의는 그렇게 조진으로부터 신임을 받고 그의 마음을 조금도 상하지 않게 하면서 조진으로 하여금 자신을 대도독으로 만든 것이다. 이러한 처세는 비록 속임수가 있었지만, 양쪽 모두 기분 좋은 결과를 이뤄낼 수 있다. 어차피 자신이 대도독이 되지만 조진이든 그 주위에 부하든 그 누구도 자신이 받은 상으로 인해 불편한 마음이 들지 않도록 모두가 승리할 수 있는 최상의 계책을 사용한 것이다. 능력이 뛰어날수록 여러 사람들에게 시기를 받는다. 자신의 능력이 다른 사람보다 월등히 뛰어나다면 그에 따른 겸손을 더 많이 갖추고 조심하여야 한다. 가장 좋은 처세는 남들이 인정해 주어 자연스럽게 높이 올라가게 만드는 것이다. 내 스스로가 대단한 사람이다 여기고 자만하고 우쭐대면 그만큼 적을 늘리게 된다. 큰 적도 위험하지만 작은 적 여러 명이 더 위험 할 수가 있다. 아무리 작고 보잘것없는 사람이라고 생각하더라고 늘 겸손하게 대하고 자신을 지나치게 높이면 안 된다. 절대로 초심을 잃지 않아야 하고 늘 굶주렸을 때 어려웠을 때를 생각하여 아무리 큰 지위와 부귀를 누리더라도 결코 자만해서는 안 된다. 자신의 능력을 스스로도 인정하고 여러 사람들이 인정하더라고 누운 풀처럼 자기를 낮추며 행동해야 한다. 너무 강하고 단단하면 부러지게 되어 있다. 바람이 불면 바람 부는 대로 부드럽고 유연하게 꺾일 줄 아는 풀처럼 처세하는 것이 최상의 인간관계를 유지하는 비법이다.

27

믿음으로 부하를 이끈 제갈공명

공명은 위나라와 오랫동안 전쟁하면서 군사들의 사기도 크게 떨어지고 군량이 부족해지자 20만 대군을 10만씩 나누어 100일을 기한으로 교대시키려고 하였다. 장수들뿐만 아니라 모든 군사들이 좋아하였고 특히 아들을 전쟁터로 보낸 부모들은 100일 뒤면 볼 수 있다는 마음에 기뻐서 어쩔 줄 몰랐다. 위나라를 상대로 전투를 하던 어느 날 부하 장수 양의가 찾아와 군사들에게 약속한 100일이 다 되었다고 군사들이 집으로 돌아가기 위해서 준비를 하고 있다고 알린다.

"승상, 교대할 기한이 다 되었는데 어찌하시겠습니까?"
"내가 군사들에게 직접 말한 일이니 어서 그대로 시행하도록
   해라"

공명은 선선히 교대할 군사들을 보내주도록 하였다. 그런데 갑

자기 급한 전갈을 갖고 세작이 찾아왔다.

"승상! 사마의가 대군 20만을 이끌고 지금 이곳으로 쳐들어오
고 있습니다."

교대를 약속한 군사 10만이 떠나면 10만밖에 남아있지 않으니
여러 장수들은 큰 걱정에 휩싸였다. 집으로 돌아갈 채비를 하던
군사들도 놀라 어쩔 줄을 모르고 있었다. 부하 장수 양의가 찾아
와 다시 물었다.

"승상! 위병의 기세가 매우 거칩니다. 교대를 잠시 미루고 모든
군사를 앞세워 적을 먼저 물리치도록 하는 것이 좋을 듯합니
다."

양의의 일리 있는 말이 끝나자마자 공명은 고개를 흔들며 말했
다.

"그럴 수 없다. 내가 그동안 군사를 쓰고 장수를 부리는 데는
오직 믿음과 정직을 근본으로 하였다. 내가 이미 그런 명을 내
렸는데 내 아무리 곤궁에 빠졌다고 이제 와 그들의 믿음을 모
른척할 수 있겠는가?" 그들의 아비와 어미 처자들이 돌아온다
는 기쁨으로 잠도 못 자고 밥도 못 먹고 있을 것이다. 나에게

큰 어려움이 생기더라도 결코 그들을 보내줄 것이다."

양의는 여러 장수들과 군사들에게 공명의 뜻이 이러하니 어서 집으로 돌아가라 전했다. 군사들은 이 어려운 시기에 공명이 자신들과의 약속을 지키려는 마음에 감동하여 그 누구도 돌아가려고 하지 않았다.

"승상께서 저희에 대한 믿음이 이러한데 어찌 저희만 살려고 떠날 수 있겠습니까? 승상의 은혜에 보답하여 끝까지 남아 목숨을 걸고 반드시 위병을 무찌르겠습니다."

모두들 공명 앞으로 와서 큰 소리로 울면서 보내지 말아 달라며 부탁했다. 공명 역시 군사들에게 큰 감동을 받았지만 그래도 약속은 지켜야 한다며 어서 집으로 돌아가라고 말한다.

"부모와 처자들이 기다리고 있지 않은가? 자네들의 마음으로 충분히 함께 전투에 참여한 것과 똑같다. 이곳은 걱정하지 말고 속히 떠날 채비를 하여라."
"승상, 저희는 그 누구도 돌아가지 않겠습니다. 살아도 승상과 함께 살고 죽어도 승상과 같이 죽겠습니다."

두 번 세 번 거듭하여 군사들이 울면서 남아있게 해달라는 간청을 하였다. 장막 안에서 한참을 고심했던 공명은 결국 그들의 뜻을 받아주었다.

　삼국지는 리더십이 무엇인가를 배울 수 있는 최고의 교본이다. 부하를 이끄는 힘은 큰소리를 치며 강압적이고 무섭게 보이려는 것이 아니다. 진정한 리더십은 자신이 한 말을 끝까지 지키려고 하는 원칙과 부하를 진심으로 아끼고 사랑하는 마음에서 생기는 것이다. 위나라 병사는 20만인데 10만을 돌려보내면 남은 군사 10만으로 위나라 20만을 상대로 매우 불리한 여건에서 싸워야 했지만, 공명은 군사들과의 약속을 그보다 더 중요시하였다. 군사들을 이끄는 힘은 일방적인 명령이 아니라 스스로 마음에서 우러나오는 깊은 충성심이다. 교대를 거부하고 끝까지 공명과 함께 남아서 싸운 군사들의 사기는 그 전보다 열 배나 더 커졌다. 그 결과 위나라를 상대로 대승을 거두었다. 공명이 이러한 것까지 예상하고 일부러 군사들을 돌려보내려는 계책을 세웠을 수도 있는데 그렇더라도 전혀 공명의 위대한 리더십에는 문제가 되지 않는다. 결과적으로 모든 것이 모든 사람들에게 좋은 일은 옳은 일이다. 리더는 아무리 사소한 약속이라도 지킬 수 있어야 한다. 지킬 수 없다면 최대한 지키려는 노력을 보여주어야 한다. 공명은 자신의 약속을 지키려고 노력한 것이다. 군사들이 모두 집으로 돌아갈 수도 있었지만, 끝까지 군사들과의 믿음을 저버리지 않았다. 부하는 자신을 믿어주는 장수에게 목숨을 바친다고 했는데 리더십에 가장 중요한 덕목은 바로 서로 간의 믿음이다. 조직에서는 상호 간에 믿음이 강력하면 강력할수록 일에 대한 처리 속도도 그만큼 빠르고 그 일을 더 크게 만들어 낼 수 있다. 두 사람이 하나가 되고 여러 사람이 하나가 될 수 있는 초강력 접착제 같은 힘이 바로 믿음이다.

유비의 유언

촉나라 황제가 된 유비는 관우와 장비를 먼저 떠나보낸 후 병색이 짙어져 결국 자리에서 일어나지 못했다. 마지막 유언으로 제갈공명에게 힘들게 말한다.

"공명 선생 내 아들이 무능하니 대신 나라를 바로 잡아주실 수 있겠소. 내 진심으로 하는 부탁이오. 승상께서 이 나라의 주인이 되어주시오."

"주공, 신은 털끝만큼도 그런 마음을 가질 수 없습니다. 태자를 폐하를 섬기듯 죽을 때까지 보필하며 충성을 다해 목숨을 바칠 것이옵니다."

공명은 자신의 말을 죽을 때까지 지켰다.

28

제갈공명의 아름다운 마무리

    한나라의 재건을 위해 중원을 차지하려 다섯 번이나 출전했지만, 위나라 최고사령관 사마의의 계책에 막혀 번번이 실패한 공명은 건강까지 잃게 되었다. 매일 피를 쏟으며 장수들과 회의를 하던 어느 날 쓰러지고 며칠 동안 일어나지 못했다.

    자신이 살날이 며칠 남지 않았다는 것을 예감하고 뒤를 이을 사람으로 강유를 선택하였다. 그동안 자신이 배운 병법을 물려주어 자신이 없더라도 그 병법을 잘 활용하여 반드시 삼국을 통일시키라고 유언하였다.

> "내가 그동안 여러 장수들을 두루 살펴보았지만, 오직 그대만이 그 책을 받을만하다."

    이렇게 강유를 자신을 대신해서 총사령관으로 세우고도 부족함이 있을 거 같아 평소 신임하던 장수 양의를 몰래 불러 비단 주머니를 주며 오래전부터 위험하게 여겨온 위연을 조심하라 말하고 그가 배신했을 때 열어보라며 당부한다.

위연은 공명 앞에서는 따르는 체하면서도 늘 뒤에서는 공명을 험담하고 자신의 공이 높음을 자랑하였다. 유비 또한 죽기 전 공명에게 위연은 뒷머리에 반골이 있어 반드시 반역할 것이니 조심하라고 당부했고 공명은 그동안 유심히 위연의 일거수일투족을 확인한 결과 반드시 반역을 꾀할 인물이라고 느낀 것이다. 공명이 죽은 후 정말로 예감한 그대로 위연은 촉나라를 배반하게 되고 강유를 상대로 싸우게 되었다. 공명의 지시를 받은 장수 양의는 비단 주머니를 열어 공명이 지시한 내용대로 위연에게 "누가 감히 나를 죽이겠는가?"라고 세 번 외치면 항복하겠다고 말하자 위연이 크게 웃으며 세 번 소리치는데 바로 옆에서 그동안 가까이 믿었던 마대가 한칼로 위연을 베어 버린다.

공명은 위연이 배신할 것을 확신하여 미리 가까운 부하 장수로 마대를 붙여놓은 것이다. 이처럼 철저하게 자신의 사후에 벌어질 위험을 예상하고 대비한 것이다.

이뿐만 아니라 가장 두려운 적인 사마의가 반드시 자신이 죽었다는 소식을 알면 대군을 몰고 쳐들어올 것에 대비하여 자신과 비슷한 형상으로 나무를 깎은 목상을 수레 위에 얹고 맨 앞에서 수레를 밀고 맞서면 반드시 사마의는 놀라서 달아날 거라고 하였다. 공명의 말대로 사마의는 홀로 밤하늘에 천문을 보다 큰 별 한

개가 촉군의 영채 안에 떨어지는 것을 확인하고 놀라면서도 기뻐 소리쳤다.

"공명이 드디어 죽었구나!"

사마의는 모든 군사를 이끌고 촉군을 쳐들어가는데 양쪽에서 매복해 있던 촉병이 나타났다. 놀랍게도 맨 앞에는 학창의에 깃털 부채를 든 공명이었다. 너무나 놀란 사마의와 장수들은 혼비백산 하여 공명에 계책에 걸려들었다고 여겨 허둥대다가 수많은 군사를 잃고 도리어 쫓기어 달아나기 바빴다. 죽은 제갈량이 산 중달을 쫓았단 말이 바로 여기에서 나온 것이다.

제갈공명은 쉰 넷이란 많지도 적지도 않은 나이에 끝내 삼국 통일에 꿈을 이루지 못하고 세상을 떠났다. 공명은 촉에 실질적인 모든 권력을 가지고 있으면서도 재산이라곤 뽕나무 팔백그루와 밭 쉰 떼기 밖에 가지고 있지 않았다. 그처럼 검소하고 사리사욕 없이 오직 한의 대한 충성심을 평생 간직하고 유비와의 의리를 지킨 신하는 없었다. 젊은 시절 자신을 세 번이나 찾아온 유비의 정성과 성품에 크게 감동하여 크게 얻을 것도 없고 힘만 들것을 알았지만 수십 년을 전장에서 보내었다. 위나라에 비해 국력이 10배나 작았지만, 오히려 수시로 위나라를 쳐들어가 중원을 차지하려고 하였다. 큰 용기와 지략으로 힘이 부칠 때마다 오나라를 설득하여 함께 위를 상대로 싸운 그 유명한 적벽대전을 비롯하여 여러 차례 승리하였다. 죽을 때까지 죽어서도 나라를 위해 끝까지 자신이 할 수 있는 모든 계책을 사용하여 책임감과 사명감을 초월하는 아름다운 인간의 정신을 보여주었다. 책임감이란 자신이 맡은 일을 끝까지 완수하는 것이다. 책임감은 직장인, 공무원뿐만 아니라 모든 사람들이 반드시 갖춰야 하고 중요하게 여기어야 할 덕목이다. 어떤 일을 하다 도중에 힘들다고 어렵다고 쉽게 포기하고 다른 사람이 대신해 주기를 바라는 사람들이 너무 많은 것이 요즘 현실이다. 그런 행동을 하는 사람들은 다른 일을 해도 늘 같은 행동을 반복하게 된다. 나에게 맡겨진 일 내가 할 수 있는 일은 반드시 내가 해내어야 한다. 책임감은 다른 사람이 인정해 주지 않더라도 스스로가 인정하는 것이 더 중요하고 더 큰 힘을 낼 수 있다. 스스로 자신은 책임감이 있는 사람이라고 여기면 모든 일에 자신감이 생기고 더욱더 최선을 다해 행동하게 된다. 책임감 있는 사람은 늘 당당하고 그 누구의 눈치를 보지 않는다. 남들이 알아주지 않더라도 꿋꿋하게 자신의 할 일을 다 하면 반드시 세상이 알아줄 것이란 믿음을 가져야 한다. 내가 나를 알고 스스로를 인정하는 것이 가장 중요하다.

제갈공명은 비록 없지만, 여전히 많은 사람들의 가슴에서 살아가고 있다. 한 사람의 위대하고 아름다운 삶과 죽음은 수천 년이 흘러도 수많은 사람들에게 영향을 끼치고 영원히 사라지지 않는다.

29

사마의 미친척하여 목숨을 구하다

삼국이 한동안 전쟁 없이 몇 년을 평온하게 보내던 시기 위주 조예는 마음이 풀어져서 매일 술에 취하고 여색에 빠지게 되었다. 나라가 망하는 가장 큰 조짐을 보여주고 있는 것이다. 충직한 신하들이 상소를 올렸으나 모두 목이 잘리거나 벼슬이 사라졌다. 그렇게 위나라는 매우 위태로운 지경에 이르렀고 결국 위주 조예는 지나친 음주와 색으로 인해 서른여섯에 죽음에 이르렀고 여덟 살난 태자 조방이 그 뒤를 이었다. 나이 어린 조방을 우습게 여긴 대장군 조진의 아들 조상이 병권을 모두 잡게 되고 그 형제들과 함께 모든 국정을 장악하였다. 그러던 어느 날 가까이 있는 참모가 태부 사마의를 경계하라며 모든 직책을 빼앗고 멀리 쫓아내라고 권한다.

"태부 사마의는 언제 반역을 일으킬지 모르는 매우 위험한 자이옵니다. 싹을 잘라내는 것이 가장 큰 상책일 것입니다."

결국 사마의는 모든 병권과 벼슬을 빼앗기고 자식들과 함께 시골로 내려가게 된다. 그렇게 되자 세상은 아무런 걱정도 없고 위협도 없는 조상과 그 형제들의 것이 되어버렸다. 위주 조예보다 더하면 더했지 매일 술과 여자에 묻혀 살았고 늘 사냥에 나가 놀기에 정신이 없었다. 위나라가 멸망으로 가는 마지막 몸부림이었다. 한편 시골로 쫓겨내려 간 사마의는 그곳에 있어도 마음이 편치 않았다. 분명 조상 주변에 간신들이 자신의 목숨을 노릴 것을 예감했다. 어떻게 하면 조상의 의심을 거둘 수 있을까 몇 날 며칠을 고민하다 정신이 온전하지 않은 병자 행색을 해야겠다고 마음먹었다. 일단 조상의 의심에서 벗어나 다시 병권을 잡고 조상을 물리칠 계책을 세웠다. 어느 날 조상이 보낸 사신이 사마의의 집에 오게 되었다. 사마의의 동태를 살피기 위해 문안하는 채 찾아온 것이다.

사마의는 두 아들을 불러 지금부터 자신이 미친 척을 할 테니 절대로 사신이 눈치 채지 못하도록 행동하라고 부탁하였다.

"이번에 사신이 온 것은 나를 시험하기 위해서 온 것이니 너희들은 만에 하나라도 아비가 온전한 정신인 것을 알아채도록 해서는 안 된다."

사마의는 사신을 맞기 전에 머리를 미친 사람처럼 풀어헤치고 멍하니 허공을 바라보고 있었다. 사신이 들어와서 무슨 말을 건

네도 엉뚱한 이야기를 하고 동문서답하였다. 벙어리처럼 말도 안 하고 손가락으로 자신의 입을 가리키자 옆에 있던 아들이 탕약을 마시게 하는데 제대로 마시지도 못하고 입가에 탕약이 줄줄 흐르는지도 모르고 히죽히죽 웃었다. 사신은 사마의가 진짜로 미친 사람인 것을 믿을 수밖에 없었다.

"아니, 태부께서 언제부터 이렇게 되셨습니까?"

옆에 있던 아들 사마사가 답한다.

"오래전부터 병세가 진행되어 최근에는 저희들도 잘 알아보지 못하십니다."

사신은 사마의가 다시 건강을 회복하거나 조상에게 위협을 끼치지 못할 거라 믿고 조상에게 찾아가 자신이 본 사실을 그대로 전하였다. 사마의의 완벽한 계책에 속은 것이다. 드디어 사마의에 반격이 시작되었다. 예전에 알고 지내던 부하 장수들을 하나둘씩 모아서 군사를 늘려나갔다. 조상이 평소에 사냥을 자주 나간다는 사실을 알고 그가 사냥 나가는 날을 거사일로 잡았다.

드디어 조상이 형제들과 함께 사냥을 나가려고 성을 빠져나갔다. 그 틈에 미리 성안에 자신들과 뜻을 함께하는 장수, 신하들과 합세하여 바람처럼 궁궐을 장악하였다. 뒤늦게 사마의에게 성을 빼앗기고 자신의 가족을 인질로 잡힌 것을 안 조상은 어쩔 수 없이 항복하였고 모든 병권을 다시 돌려주고 형제들과 함께 감옥에 갇히게 되었다. 사마의에 미친 척에 허를 찔려 모든 것을 빼앗긴 것이다. 사마의는 자신이 살기 위해서 기꺼이 미친 사람의 연기를 하였다. 상대방이 나에게 적대감을 가지고 있을 때는 맞대결하는 것보다 나는 당신의 적이 아니라는 것을 인식하게 해주는 것이 더 좋은 방법이다. 상대방이 나에게 아무런 관심도 없고 방어도 하지 않을 때 공격하면 쉽게 이길 수 있다. 삼국지에 많은 전투가 나오는데, 자주 사용하는 병법은 상대방을 방심하게 만드는 것이다. 지금 세상에서는 남들이 알아주지 않더라도 묵묵히 자신의 일을 해나가는 사람들이 있다. 사마의처럼 미친 척은 하지 않지만 다른 사람들이 무시하고, 하지도 않은 일에 대해 모함하더라도 하루하루 최선을 다해 자신의 발전을 위해 공부하고 노력하면 반드시 멋지게 반격을 가할 날이 올 것이다. 누군가가 내 앞에 있더라도 내가 쉬지 않고 매일 달리면 된다. 내 앞에 있는 사람이 방심하고 잠깐 쉴 때 그때 내가 쉬지 않고 달리면 반드시 그를 따라잡을 수 있다. 세상 사람들이 이해하지 못하더라도 받아주지 않더라도 나의 행동에 실망하더라도 끝까지 자신을 믿고 최선의 노력을 다해 올바른 정의를 추구하면 반드시 언젠가는 이해하고 받아주고 인정해 줄 것이다. '불광불급'이란 말이 있다. 미치지 않고서는 미치지 않는다. 미친 듯이 무언가를 위해 전념해야 내가 원하는 그곳에 이를 수 있다는 뜻이다. 사마의처럼 때로는 미친 척하면서 바보처럼 살 수 있고 미친 사람처럼 무언가에 열중하면 원하는 것을 얻을 수 있다. 진짜로 미치지만 않으면 된다.

30

간신으로 나라를 잃은 촉나라

유비의 뒤를 이은 촉주 유선은 마음이 심약하고 정신이 온전치 못한 바보 같은 인물이었다. 리더가 어떤 사람이냐가 조직에 있어서 가장 중요하고 절대적인 요소다. 조조, 유비, 손권은 리더로서 완벽하지는 않지만, 보통사람들보다 몇 배는 뛰어났던 그들만의 리더십을 가지고 있었다. 리더의 가장 중요한 덕목은 사람을 잘 알아보는 것인데 유선은 전혀 그렇지 않았던 리더였다. 한낱 내시에 불과한 황호를 옆에 끼고 그가 하는 말만 믿고 시키는 대로 하였다. 제갈공명이 떠난 후 뒤를 이은 강유가 위나라를 상대로 죽음을 무릅쓰고 싸우고 있는 와중에 간신 황호가 유선에게 거짓된 정보를 알린다. 강유의 지위를 탐내는 자가 황금으로 황호를 매수한 것이다.

"폐하, 강유가 아무래도 위나라에 항복할 거 같습니다. 어서 모든 군사를 이끌고 돌아오라는 명령을 내려 주시옵소서."

바보 같은 유선은 아끼는 황호가 말하는 것을 곧이곧대로 믿고 강유를 의심해 돌아오라고 이르게 했다. 한창 위나라를 상대로 엎치락뒤치락하며 전투하던 강유는 갑자기 유선의 명을 받고 어리둥절했지만 어쩔 수 없이 성도로 돌아온다. 성도로 돌아온 강유는 뒤늦게 내시 황호가 거짓된 정보로 자신을 내치려는 계책을 알게 되고 유선 앞에서 울면서 왜 자신을 의심하느냐며 촉나라를 위해 간신 황호를 죽여야 한다고 간청한다.

"폐하께서 오늘 황호를 죽이시지 않는다면 반드시 촉나라에 큰 화가 일어날 것입니다."

하지만 유선은 황호를 감싸며 이해해 달라고 말하였다.

"한낱 내시일 뿐이다. 이 사람이 하는 말을 크게 염려할 필요가 없다. 내가 어여삐 여기는 사람을 어찌 죽이려 하느냐?"

강유는 황호의 거짓된 말에 전투 중에 돌아오게 되어 억울하고 화가 났지만 인내하고 뒷일을 기약하며 황호가 자신을 죽일 것을 미리 알고 군사를 이끌고 멀리 떠난다. 유선은 촉나라에 가장 충성스럽고 유능한 인재를 멀리 떠나보내고 가장 해롭고 필요 없는 내시 황호를 가장 가까이에 두었다. 그 뒤로 황호가 꾸민 잔치에 매일 나가 술과 여자에 탐닉하게 된다. 나라가 점점 어지러워지고 몇몇 충신들이 목숨을 걸고 충언을 하면 모두 벼슬이 박탈되고 귀양을 가게 되었다. 황호는 매일 황금을 뇌물로 받아 아무런 재능도 없는 사람을 높은 지위에 앉히고 충신을 모함하여 죽이고 자신의 세력으로 궁궐 안을 가득 채웠다. 이 모든 것에 가장 큰 책임은 촉주 유선이다. 충신의 말은 쓰지만, 옳고 간신의 말은 달콤하지만, 거짓인데 그걸 모르고 계속 내리막을 향해 가고 있었다.

다른 나라를 침략하는 데 있어서 가장 좋은 때는 적 내부에 내분이 일어나는 것과 적의 리더가 몸과 마음이 온전하지 못할 때이다.

위나라의 모든 병권을 장악한 사마소는 세작을 통해 촉의 궁궐 사정을 모두 꿰뚫고 있었다. 지금이 촉을 치기에 가장 좋은 시기라 여기고 드디어 대군을 이끌고 쳐들어간다. 도중에 내시 황호가 뇌물을 좋아한다는 것을 알고 황호 주변에 인물을 미리 매수하여 촉을 차지하면 많은 황금과 높은 지위까지 보장해 준다고 전하였다. 황호는 촉을 버려도 위나라에서 계속 권세를 유지할 수 있으리란 마음에 촉에 모든 정보를 위나라에 알려주고 장수들과 신하들에게 위에 항복하는 것이 더 좋을 것이라고 말하였다. 마지막으로 직접 유선에게 찾아가 위나라가 성문 앞까지 왔으니 어서 빨리 항복하는 것이 낫다고 설득한다. 바보 같은 유선은 무서워 벌벌 떨면서 항복문서를 전하고 스스로 위주 앞에 무릎을 꿇었다. 위주 앞에서도 비굴하게 목숨만은 살려 달라 애원하고 바보처럼 굴며 지냈다. 유비, 관우, 장비 삼형제와 제갈공명이 이루어 놓은 것을 이처럼 어이없고 허망하게 모두 빼앗긴 것이다. 간신 한 명이 이처럼 무서운 결과를 초래할 수 있고 바보 같은 리더는 나라를 망하게 할 수 있는 것이다. 리더는 모든 사람들의 장점과 단점을 정확히 판단하여 그 사람이 가장 잘할 수 있는 직책을 맡겨야 한다. 리더는 모든 것을 다 알아야 할 필요가 없다. 가장 중요한 것이 무엇인지 파악하고 가장 중요한 것을 하는 것이 진정한 리더의 역할이다. 리더는 쓴 소리를 더 많이 들어야 하고 달콤한 소리는 늘 의심하며 그 말을 하는 자의 의도를 파악해야 한다. 밥을 먹을 때도 편식하는 것이 안 좋은 것처럼 부하직원을 부릴 때도 특정한 사람만 지나치게 편애하는 것도 좋지 않다. 자신이 2인자라고 생각하면 그 밑에 모든 사람을 자기 밑으로 두려고 하고 결국에는 1인자를 우습게 여기게 된다. 한낱 내시 주제에 황호는 자신이 2인자라고 생각하고 모든 것을 좌지우지했다. 자신에게 잘해주고 절대적으로 복종하는 사람보다는 따끔한 충언과 쓴 소리를 자주 하는 사람들을 최대한 가까이에 두어야 한다. 리더의 생각과 다르다고 말하는 사람들이 있어야 리더의 생각이 다듬어지고 더욱더 견고해진다. 리더란 자리는 오해를 많이 받을 수밖에 없고 외로운 자리다. 산 정상에 올라와 있는 사람에게는 산 아래가 보이는데 산 아래에 있거나 산 중간에 있는 사람은 계속 보이지 않는다고 말할 수밖에 없다. 그것을 이해하고 어떻게든 시간이 걸리고 힘들더라도 설득하고 함께 가야 한다. 예나 지금이나 리더가 조심해야 할 것 중 가장 위험한 것이 술과 여자다. 술에 빠지면 정신이 온전치 못하여 제대로 사람을 볼 줄 모르고 여색에 빠지면 몸이 피폐해져 일을 못 하고 일찍 죽는다. 술은 적당히 마실 줄도 알아야 하지만 지나치지 않게 자신을 절제하여야 한다. 역사적으로 보면 황제나 왕들 가까이에 있는 여자들이 문제를 일으켜 나라가 망하는 경우가 많았다. 경국지색이라는 말도 아름다운 여자가 나라를 기울인다는 것에서 나온 것처럼 여자를 조심하는 것이 리더가 갖춰야 할 최상의 덕목 중 하나다. 후에 오나라에 마지막 손 씨 가문의 황제인 손호도 여색에 빠져서 지내다가 결국 망하게 되었다. 큰 인물이 되려면 인내하고 참아야 하는 것이 평범한 사람들보다 많다. 평범한 사람처럼 살고 싶다면 남들이 하는 것을 다 해도 상관없지만 큰 인물이 되고 위대한 리더가 되고 후세에 이름을 알리고 싶다면 자신을 낮추고 절제하며 인내하여야 한다. 반드시 그 만큼 그 이상으로 많은 사람들의 사랑과 존경을 받으며 큰 기쁨을 누리게 될 것이다.

에필로그

삼국지를 보고 난 후에도 삶의 아무런 변화가 없다면 삼국지를 읽지 않은 것입니다. 필자는 삼국지를 15년을 읽고 난 후 이 책을 세상에 낼 수 있는 큰 변화를 경험했습니다. 삼국지를 계속 읽다 보면 자연스럽게 영웅들의 기운이 자신에게 스며드는 것을 느낄 수 있습니다. 생각이 더 커지고 생각이 커지면 행동이 달라집니다. 행동이 달라지면 태도가 변화되어 인격이 성숙해집니다. 이 책이 세상에 나올 수 있도록 가장 큰 힘을 주신 선 출판사 대표이신 김윤태 형님에게 진심으로 감사를 드립니다. 15년 전 어느 날 내 삶의 멘토로 인생 스승으로 모신 존경하는 형님을 찾아가 질문을 드렸습니다.

"형님, 큰 사람이 되고 싶으면 어떻게 해야 하나요?"
"혜성이 네가 큰 사람이 되려면, 삼국지를 최소한 열 번은 읽어야 한다."

그날 이후 지금까지 스무 번을 읽었습니다. 큰 사람이 되고 싶은 간절한 마음으로 늘 손에 삼국지를 들고 다녔습니다. 스무 번을 읽고 책을 내려 원고를 쓰고 형님 출판사에서 삼국지 책을 출판하고 싶다는 말씀을 드렸습니다. 김윤태 형님 덕분에 삼국지를 알게 되었고 삼국지로 인해 삶의 큰 변화가 생겼으며 삼국지 책이 나오게 되었으니 이 책의 출간에 가장 큰 고마움을 전해드리고 싶은 분입니다. 진심으로 감사드립니다.

7년 전 어느 출판기념회에서 우연히 한 청년을 만나게 되었습니다. 명함을 주고받았는데 제 회사 '자신감코리아'를 보더니 이렇게 말했습니다.

"대표님, 자신감을 받고 싶습니다."

그날 이후 후배에게 더 큰 자신감을 주고 싶은 마음에 강연이 있을 때마다 함께 전국을 다니며 시간을 보냈습니다. 이대옥 후배를 만나 그동안 저도 많은 도움을 받았습니다. 이 책도 이대옥 후배가 큰 도움을 주어 완성도가 더욱 높아졌습니다. 가장 처음으로 원고를 읽어 주었고 처음부터 끝까지 오타, 단어, 문장을 수정해 주었습니다. 더 멋진 글을 쓸 수 있도록 응원과 격려를 해주었습니다. 이대옥 후배에게 다시 한번 깊은 감사를 드립니다. 7년을 만났는데 남은 70년도 지금처럼 멋진 관계로 함께 성장했으면 좋겠습니다.

이 책에 추천사를 써주신 『오십에 읽는 논어』를 쓰신 최종엽 작가님에게 진심으로 큰 감사를 드립니다. 몇 년 전 제가 진행하는 〈고혜성쇼〉에 모셔서 강연을 들은 후 '이 분이 대한민국 인문학에 최고 일인자시구나'란 생각을 하였습니다. 공자님처럼 너무 겸손하시고 훌륭하신 분이라 존경하는 마음을 늘 간직하고 있었습니다. 원고를 작가님에게 보여드리고 두 줄 정도만 부탁드렸는데 며칠 후

장문의 추천사를 보내주셔서 큰 감동을 받았습니다. 제 책을 보신 후 『오십에 읽는 논어』를 읽으시길 진심으로 추천 드립니다. 공자님의 말씀을 너무 쉽고 재밌게 읽으실 수 있습니다. 오랫동안 많은 사람들에게 사랑을 받을 책이라 확신합니다.

어머니는 삼국지를 전혀 모르시는 분입니다. 그런 분에게 삼국지 책을 낸다고 하니 이런 말씀을 하셨습니다.

"내용이 교훈이 있어야 해. 너무 어려워도 안 되고."

어머니에게 이 책에 가장 첫 번째 일화인 유비가 어르신을 말에 태워드린 글을 출력하여 보여드렸습니다.

"재밌네. 이렇게 좋은 일을 하면 계속 좋은 일을 하라는 거구나."

삼국지를 모르는 어머니께서도 쉽게 읽으실 수 있고 재밌게 보실 수 있는 책을 썼다는 기쁨이 컸습니다. 어머니의 관심과 격려, 사랑 덕분으로 이 책이 나올 수 있었습니다. 어머니의 단 하나의 소원이 전원주택에서 사시는 것인데. 더 큰 노력을 하여 하루빨리 공기 좋고 텃밭을 가꿀 수 있는 아름다운 전원주택에 꼭 모시겠습니다. 어머니 너무나 감사합니다. 너무나 훌륭하신 어머니의 아들인 것이 제 인생 최고의 행운입니다.

이 책을 읽어 주시는 여러분들에게 진심으로 큰 감사를 드립니다. 지금 이 글을 읽으실 때쯤은 삼국지 영웅들의 기운이 온몸에 가득하실 거라 생각이 드네요. 『사십에 읽는 삼국지』는 읽으시면 읽으실수록 좋습니다. 사람은 망각의 동물이라 시간이 지나면 잊어버립니다. 시간이 흘러 나의 의식이 성장하고 나서 다시 읽으면 처음에 보지 못했던 것이 보입니다.

좋은 책은 열 번 백 번을 보아도 지루하지 않습니다. 오히려 읽으면 읽을수록 더 재밌고 감동을 받습니다. 이 책 『사십에 읽는 삼국지』는 100번을 읽어도 재밌으실 거라 믿습니다. 가까이 두시고 여유 있으실 때마다 보시고 하려고 하는 일이 쉽게 이루어지지 않을 때 도움을 받으시기 바랍니다. 삼국지는 읽으면 읽을수록 변화가 찾아옵니다. 앞으로 많은 변화가 좋은 변화가 생기실 거라 믿습니다. 유비, 관우, 장비 삼형제가 백성을 위해 대의를 위해 어려움을 극복하고 아름다운 의리로 세상을 변화시키려 한 것처럼 이 책을 읽으신 분들도 더 나은 세상을 위해 올바른 마음으로 지혜를 지니고 자신에 대한 큰 믿음을 가지시길 바라겠습니다.

기쁨을 나누면 더 커지는 것처럼 좋은 것은 많이 알려야 합니다. 이 책 『사십에 읽는 삼국지』의 재미와 감동을 가까운 분들과 함께 나눠주시면 감사드리겠습니다.

삼국지로 인해 여러분들 모두 더 성장하시고 더 기쁜 일들이 가득해지시길 진심으로 바라겠습니다. 감사합니다.

사십에 읽는 삼국지

글 고혜성 | **발행인** 김윤태 | **발행처** 도서출판 선 | **북디자인** 디자인이즈
등록번호 제15-201 | **등록일자** 1995년 3월 27일 | **초판 1쇄** 발행 2022년 3월 10일
주소 서울시 종로구 삼일대로 30길 23 비즈웰 427호 | **전화** 02-762-3335 | **전송** 02-762-3371

값 15,000원
ISBN 978-89-6312-612-8 03810